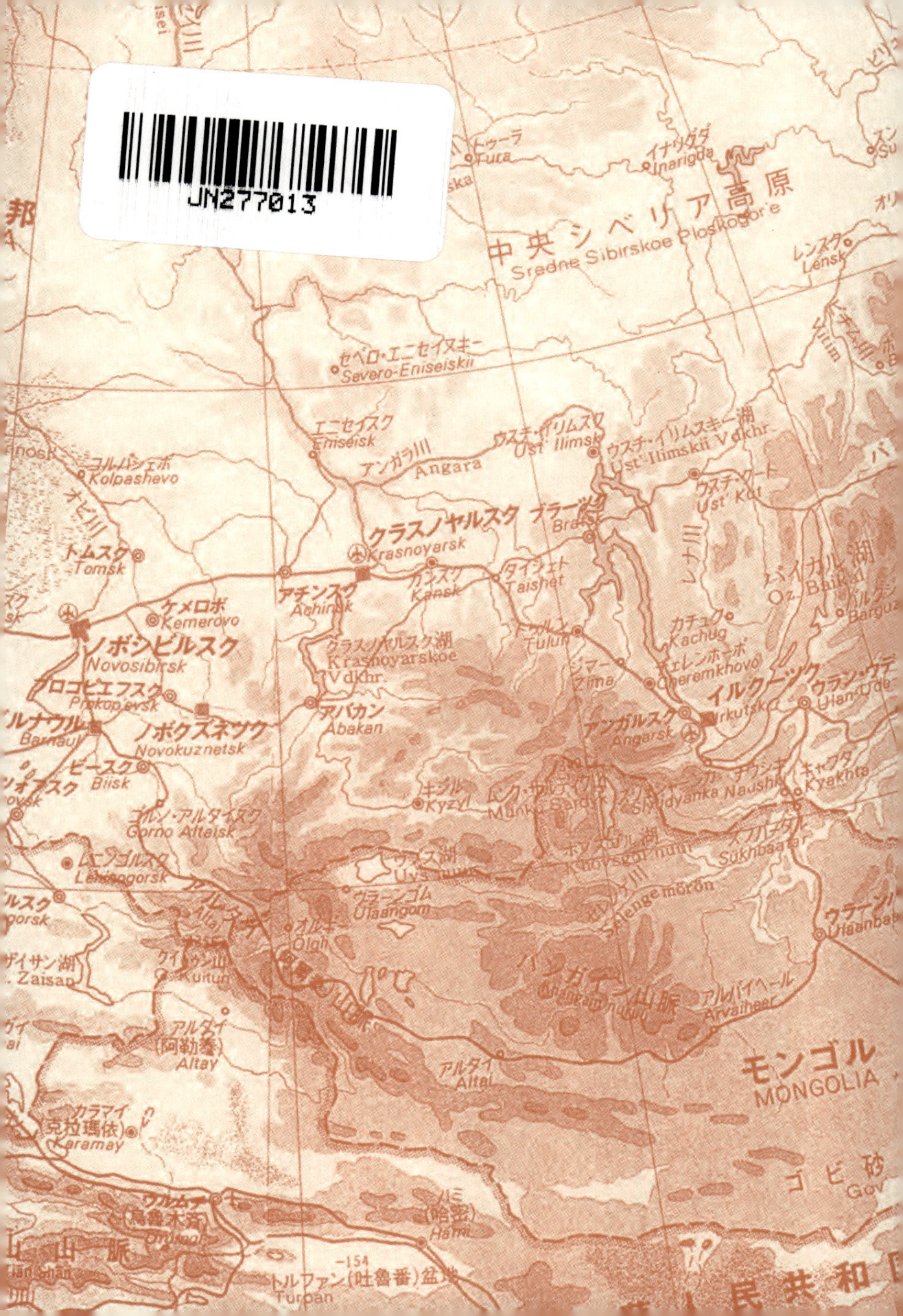
中央シベリア高原
Sredne Sibirskoe Ploskogor'e
トゥーラ
Tura
イナリグダ
Inarigda
レンスク
Lensk
セベロ・エニセイスキー
Severo-Eniseiskii
エニセイスク
Eniseisk
アンガラ川
Angara
ウスチ・イリムスク
Ust' Ilimsk
ウスチ・イリムスキー湖
Ust'-Ilimskii Vdkhr.
ウスチ・クート
Ust' Kut
コルパシェボ
Kolpashevo
オビ川
トムスク
Tomsk
クラスノヤルスク
Krasnoyarsk
ブラーツク
Bratsk
アチンスク
Achinsk
カンスク
Kansk
タイシェト
Taishet
レナ川
バイカル湖
Oz. Baikal
バルグジン
ケメロボ
Kemerovo
ノボシビルスク
Novosibirsk
トゥルン
Tulun
カチュグ
Kachug
クラスノヤルスク湖
Krasnoyarskoe Vdkhr.
ジマー
Zima
チェレンホーボ
Cheremkhovo
プロコピエフスク
Prokop'evsk
イルクーツク
Irkutsk
ウラン・ウデ
Ulan-Ude
バルナウル
Barnaul
アバカン
Abakan
ノボクズネツク
Novokuznetsk
アンガルスク
Angarsk
ビースク
Biisk
キジル
Kyzyl
キャフタ
Kyakhta
ゴルノ・アルタイスク
Gorno Altaisk
スリュジャンカ
Slyudyanka
ナウシキ
Naushki
オブス湖
Uvs nuur
ホブスゴル湖
Khovsgol nuur
スフバータル
Sukhbaatar
セレンゲ川
Selenge moron
ウラーンゴム
Ulaangom
オルギー
Olgii
ウランバートル
Ulaanbaatar
ザイサン湖
Zaisan
クイトゥン
Kuitun
ハンガイ山脈
Khangain nuruu
アルバイヘール
Arvaiheer
アルタイ
(阿勒泰)
Altay
アルタイ
Altai
モンゴル
MONGOLIA
カラマイ
(克拉瑪依)
Karamay
ウルムチ
(烏魯木斉)
Urumqi
ハミ
(哈密)
Hami
ゴビ砂
Gov
−154
トルファン(吐魯番)盆地
Turpan
山脈
Tian Shan
人民共和国

ルポ 三つの死亡日を持つ陸軍兵士

油井喜夫

本の泉社

【目次】

第二章　幽かなシグナル　43

第四章　終焉の地　141

［凡例］

・西暦、年号は時代状況を分かりやすくするため、いずれかまたは併記した。
・数字は特別の場合を除いて漢数字で統一し、十は一〇で表示した。
・氏名は実名、仮名を併用し、敬称は略した。
・地名については現在の呼称、表記にしたがい、ホルモリン↓フルムリ、ムリー↓ムーリー、コサックランバ↓コスクランボとした。
・参考文献は巻末に一括して掲げた。

ルポ　三つの死亡日を持つ陸軍兵士

はじめに――六六年目の真実

一九四五年（昭和二〇年）八月九日、ソ連は対日宣戦布告を行い、ソ満国境の全域で攻撃を開始した。圧倒的な戦車軍団と爆撃機は日本軍をたちまち蹂躙し、短期間に満州を制圧した。

そのとき私の父、陸軍二等兵・油井俊夫はソ満朝国境の山岳地で守備についていた。父の所属部隊・二四七連隊は応戦したが、所詮ソ連軍の敵ではなかった。

日本は八月六日広島、九日長崎への新型爆弾＝原子爆弾の投下とソ連参戦に驚愕し、無条件降伏した。

日本軍は海外の各地で連合軍に武装解除された。父らもソ連軍の武装解除を受け、日本人の捕虜としてシベリアの奥地に連行され、どこかで死んだ。

ところが、二〇一〇年以降、父の死亡地を示す新たな資料や証拠が次々に発見されはじめた。およそ一年半かけてそれを突き止めた。

二〇一一年、ついに父の眠る地に辿り着き、ひざまずくことができた。父の死から六六年目のことだった。

本書はそこに到る事実と探索の記録である。

第一章　三回死んだ兵士

一　三つの死亡日

死亡地不明　父がシベリアに連行されたのち、亡くなったことを知らせてくれたのは戦友だった。妻である私の母・じゅんはその人に会うため、中国地方のある県に出かけ、自分の夫であることを確認した。以来、父の死んだ所がシベリアのどこかであるとずっと思い込んでいた。

私は一八歳を過ぎる頃から父の最期に関し、いずれ母に詳しく聞いておかなければならないと考えるようになっていた。だが、母も元気だったし、私も若かったせいか、そのうちに聞けばよいくらいの軽い考えもあって先延ばしにしていた。ところが、思いもよらず母が急逝してしまった。いまから五〇年も前のことだった。

私が父のことで取り返しのつかないことをした、と気づいたのは母の死に仰天・狼狽・悲嘆し、そうした日常からようやく諦めの気分になりはじめた頃よりも、さらにずっと後のことだった。しまったと思ったとき、すでに後のまつりだった。

戦友の名前や住所はもちろん、死んだところも皆目わからなかった。それから数十年、私はおりにふれ、父や戦友の消息を尋ねたり、関係当局に資料などを求めたりした。

その結果、かなりの情報を得ることができた。しかし、シベリアの「この辺り」で死んだのかもしれないという推測はできても、場所を特定することはできなかった。

二〇一〇年のある日のことだった。思いもよらない事態が進行しはじめた。父に関する新しい資料と証拠が次々に発見されはじめたのである。驚天動地の思いだった。

父の死亡日は三つある。戸籍には次のように記載されている。

「昭和二〇年八月一三日(時刻不詳)満州国関東省琿春ニ於テ戦死静岡地方世話部長廣瀬誠治報告昭和二二年二月二八日受附」。

戸籍上の戦死日である昭和二〇年八月一三日は、父の軍籍のあった二四七連隊がソ連の戦車軍団に徹底的に押し込まれ、絶望的な体当たり攻撃や切り込み作戦を敢行していた時期である。

一方、家の位牌に記された命日は昭和二〇年一一月二五日となっている。この日を知らせてくれたのは先述した父の戦友である。

静岡県庁に戦死者などに関する書類が個人別に保管されている。父の資料を調べていて大変驚いたことがある。なんと第三の死亡日が出てきたからだ。本籍地名簿という書類に昭和二〇年一月二五日戦死と書かれていたのだ。しかし、この日はまだ応召していない。だから、昭和二〇年一月二五日の戦死はありえない。記録を作成した当時の混乱した社会状況をそのまま表している証左と言えよう。

復員当局は、帰還者の上陸した地点で身上申告書を書かせたり、聴き取り調査を行ったりした。また遺族からの通知・伝聞なども考慮に入れ、情報の行き交うなかで各種の名簿を作っていた。

父と同じ二四七連隊にいた、シベリア帰りの静岡県出身の復員者は舞鶴に上陸すると長崎、岐阜、兵庫、茨城の県庁から話を聞かせてくれと言われたし、別の復員者は広島県庁から来てほしいと頼まれた。

当時、復員者や生存者からの情報はきわめて重要だった。混乱した状況のなかで、玉砕したり、艦船が撃沈されたりした場合、一括戦死扱いにされることもあった。

戦死公報と言っても、伝聞情報がもとになっている場合もあり、正確さに欠けていた。戦死公報が入ったので葬式を執り行い、墓まで建てたが帰還した、などの例は枚挙にいとまがない。もっとも、その逆の場合もあった。父の戦死が、本籍地名簿に昭和二〇年一月二五日と書かれたのは何らかの誤情報によるものであろう。

海外の軍当局や指令部は連合国軍の支配下にあって機能を喪失し、そのような状況のもとで関係当局は援護活動、調査収集活動を行わざるを得なかった。海外の一般引揚者や復員者が何万、何十万と帰国する一方、ソ連は大量の日本人捕虜を抑留した。戦犯の追及や追跡も内外でいっせいに開始された。戦死者や戦傷病者の各種の名簿や調査票は、こうした状況のもとで作成されたものである。間違いや不正確さは不可避的に生じた。

それにしても、戸籍上の死亡日が昭和二〇年八月一三日、位牌に記された日が昭和二〇年一一月二五日、それ以外に昭和二〇年一月二五日とする第三の死亡日まであったとは何ということであろうか。

人が死ぬのは一回だけである。三回も殺されたのではたまったものでない。まさに戦争のなせる業だ。こんな馬鹿げたことは、平和な時代には絶対に起らない。戦争に随伴するおぞましい記載上の事実だ。

三階級特進　もう一つあげておこう。援護当局作成の履歴書がある。父は陸軍二等兵で召集された。兵歴や特別資格がなければ、最初は誰でも二等兵である。約二ヵ月半後の昭和二〇年八月一〇日、一等兵に昇格したのち、戸籍上の戦死日である八月一三日に上等兵から兵長に昇進している。戦死の功労を讃えて二階級特進というわけである。こうした措置はほとんどの戦死者にとられた。今日でも警察や自衛隊の殉職者をはじめ、官庁等で行われている。

ただ、作為的に感ずるのは戦死と認定したあと、八月一〇日に遡って二等兵から一等兵に昇格しているので正確には三階級特進ということになる。これは、逆に兵たちの生命をいかに粗末に扱ったかを証明するようなものである。兵の生命の値打ちを星や金筋にしか見ず、それで一死落着とする非人間的形式性をあらわに示すものだ。

二　満州＝現地召集、四〇歳の老兵

急造の二四七連隊と二五万人根こそぎ動員　父・俊夫は昭和二〇年五月一八日早朝、わが家をたち、翌一九日ソ満国境・琿春の歩兵二四七連隊に応召した。

二四七連隊は関東軍第一方面軍の第三軍、第一一二師団の麾下にあった。この連隊がどのように編成されたのか、簡単に述べておきたい。

二四七連隊は既存の連隊ではなく、あらたにつくられた部隊である。連隊番号二ケタ以下の連隊が昔からの基幹部隊を構成したが、三ケタの番号を持つ連隊は戦争遂行上つくられた急造の連隊である。二ケタ以下の連隊と比較すれば、人員や装備のうえで戦力は格段に落ちた。

昭和一八年（一九四三年）になると、前年のミッドウェー海戦の敗北に続き、南西太平洋の戦闘は海陸問わず敗北の連続だった。ガタルカナル島からの撤退。アッツ島守備隊の玉砕。学徒出陣も始まった。

御前会議は敗北の続く戦域を維持できず「今後のとるべき戦争指導大綱」で絶対防衛線の後退を決定した。しかし、マリアナ沖海戦で連合艦隊は事実上壊滅し、サイパン島は陥落した。指呼のあいだとなったマリアナ諸島からB29による本土爆撃がまぢかに迫っていた。五〇万人にのぼる民間人の犠牲はこのときから始まった。

大本営はこうした事態を打開するため、満州の関東軍の主力を南方戦線や本土防衛のために転出させた。そのため、満州の日本軍はガラガラになっていた。二四七連隊が歩兵第三連隊の残置者をもって編成されたのはこうした事情からである。この時期、関東軍の連隊はほとんど急造連隊だった。

基幹人員の南方転出のため、一般の兵はほとんどいなかった。ソ連はすでに日ソ中立条約の不延長を通告していた。ソ連の対日参戦は時間の問題だった。それゆえ、兵の補充は大車輪で行わなければならなかった。これが現地応召者の編入である。

現地応召者の現地とは満州のことである。日本の内地から穴埋めするより、満州に居住する者を召集する方が時間的にも人員的にもはるかに手っ取り早い。現地召集は満州の全域で実施された。父も、その一人となった。人生五〇年の時代、四〇歳の老兵である。この年齢での召集は内地では考えられないことだった。多くは三〇代、四〇代で、もう若者はいなかった。

二四七連隊の主任務はソ満国境・琿春の後背地にある小盤嶺に主陣地を構築することだった。父らの現地応召兵がさっそく投入された。

作業はもっぱら対戦車溝や、塹壕や、タコ壺掘りだった。武器弾薬が少なく、現地応召兵が軍事訓練を受けることはほとんどなかった。

五月一九日の現地応召者編入は大規模だったが、兵員はまだまだ足りなかった。七月になるとさらなる大動員を行った。二五万人召集のため、開拓団など満州北辺は老人、女、子どもだけになった。

通常、連隊には甲編成と乙編成がある。甲編成は約六千人、乙編成は約三千人である。二四七連隊は三ケタの乙編成であるが、実際は一千人～一千五〇〇人しかいなかったという。

ソ連参戦、無条件降伏、シベリア連行　連合国はドイツのポツダムで米・英・ソの三国巨頭会談を行い、七月二六日、日本に無条件降伏を要求するポツダム宣言を発した。しかし、鈴木貫太郎内閣は同宣言の黙殺を表明。そのため二月のヤルタ会談でのソ連の対日参戦決定にもとづき、ポツダムでその実行が合意された。アメリカも原子爆弾の開発に成功し、日本に投下することを決めた。

こうして、第二次世界大戦の最終盤に至って、沖縄、広島、長崎、満州などの悲劇的諸条件が完成していった。沖縄での一般住民約一〇万人の犠牲に続き、原爆は広島で約一五万九千人、長崎で約七万四千人の生命を奪った。生き残っても、おびただしい数の人々が次々に死んでいった。

八月九日、ソ連はソ満国境の全域で激しい攻撃を開始した。九日未明と言う人もいれば、その前と言う人もいる。

父らの二四七連隊の兵たちは陣地構築の疲れでグッスリ眠っていた。琿春方面から突如射撃音が轟き、同時に起床・戦闘配置命令でたたき起こされた。各陣地の守備隊も小盤嶺の主陣地に後退した。圧倒的に優勢なソ連軍は日本軍を蹂躙しながら、満州の奥深く進攻した。

広島、長崎の原子爆弾とソ連の対日参戦により、日本はようやくポツダム宣言を受け入れ、無条件降伏した。昭和二〇年八月一五日のことだった。しかし、満州では一五五万の邦人が殺戮や襲撃のなかで大地をさまようことになった。このとき悲惨な残留婦人、残留孤児問題も発生した。

ここで、敗戦後の二四七連隊の行方を行論上、簡単に示しておきたい。天皇は一五日の敗戦詔書に続き、一七日に「陸海軍人ニ賜リタル降伏に関スル勅語」を発した。一五日の詔書は天皇自ら放送したのでよく知られている。しかし、一七日の勅語は戦場の将兵に十分ゆきわたったわけではない。無条件降伏により武装解除を受け、連合軍の支配下に入ったため、軍人向け勅語の存在を知ったとすれば、多くは復員してからであろう。

この勅語は簡単に言えば、戦争の継続は不可能になった。国体護持のために降伏したのだから、出処進退を厳重にするよう、暴走を戒めたものであった。

一一二師団の二四七連隊は八月一七日〜一八日に琿春および密江峠においてソ連軍に武装解除され、同日中に琿春飛行場に収容された。さらに八月下旬になると将校、下士官兵に区分され、金蒼収容所に移動した。

金蒼収容所は周囲を小高い山で囲まれ、ソ連軍が監視しやすい見渡しのよい原野だった。逃亡の企てや、畑荒しを行う者は銃撃されたという。

同収容所は七九、一一二、一二八の各師団と独立混成一三二旅団、機動一旅団、補給監部などが移送・収容された。収容人員総数は約一万四千人となった。

ソ連軍は日本人捕虜を使役に供するため、約一千人を単位とする作業大隊を編成した。金蒼に移動した主たる目的はそこにあった。

二四七連隊の下士官兵などの主力は金蒼第五二作業大隊（大尉、古川又十郎）、金蒼第五三作業大隊（大尉、尾形忠行）に編入され、九月二二日～一〇月七日の間にソ満国境・琿春経由でシベリアのコムソモリスク地区、同地区東方のムーリー地区、または北方のフルムリ地区の収容所に送られた。父はこのなかのいずれかにいた。

武装解除された部隊は満州各地で収容されたあと、いずれも作業大隊に編成され、八月下旬から昭和二一年六月までにシベリアの各地やモンゴル、あるいは遠くヨーロッパ・ロシア、コーカサス、北極圏のウオロク、ナリンスクなどに移送され、労役に服した。

入ソ地点はソ満国境の琿春、松花江、綏芬河、黒河、満州里などからだった。総数は約五七万五千人にのぼった。

三　三つの死因

新資料発見　母・じゅんは夫・俊夫の位牌を作ったとき、命日を昭和二〇年一一月二五日とした。既述したように、その日は戦友が知らせてくれた日だった。

幼い頃、母から聞いた話で、私の記憶にあるのは次のことである。

＊父が死んだことを知らせてくれたのは「広島の戦友」である。

＊その戦友は父の最期を看取ってくれた。
＊父は戦友に「どんなお礼でもするから一緒に連れて行ってくれ」と頼んだ。
＊父は「大根がこんなにうまいとは思わなかった」と言った。
＊戦友が父の名を呼んだが、返事がなく、その時すでに亡くなっていた。
以上が記憶しているすべてである。おそらく母は他にも重要なことを語ったに違いない。それも一度や二度ではなかったはずである。残念ながら、幼かった私にこれ以上の記憶は残っていない。

母の死後、私は父に関する多数の資料を取得した。しかし、戦友の住所氏名や、どこで亡くなったかなどは依然として分からず、調査は行き詰っていた。

二〇一〇年のある日、私は父の資料や情報のメモを見ながら、他にもっといい資料はないだろうか、などとあてのない思いを巡らしていた。これだけ集めたのだから、官庁からはもう出てこないだろう、しかし、厚生労働省にまだ何か残っていないか、もう一度確かめてみるのも無駄ではあるまいと考え、軽い気持ちで軍歴等の資料を請求した。

ところが、思いもよらない新資料が出てきたのである。それを見て息を呑んだ。それまで手にした資料と似ているが、そこに初めて見る記載があったからだ。

そのときまで静岡県庁より取り寄せた資料は厚生労働省に保管されているものと形式は

違っても基本的には同じものと思っていた。勝手に決め込んでいたのだ。この独断が父の足跡を辿るうえで重大な障害になっていたことに長年気づいていなかったのである。痛恨の極みだった。しかし、その日を期して私の調査は急展開することになった。推測しながら新事実を発見していく繰り返しが始まった。

混乱のなかの復員　厚生労働省で新たに発見した資料は「二四七連隊復七名簿」（以下「復七名簿」）と「二四七連隊留守名簿」（以下「留守名簿」）の二つだった。ソ連と満州における父の足跡を辿る劇的展開の始まりだった。

最初に復七名簿から述べよう。復七の「復」とは復員の意味である。「七」は復員名簿の整理番号をさす。

厚生省の『援護五〇年史』によれば、敗戦直後、陸軍の軍人軍属の総兵力は約五四七万人、内地部隊＝約二三八万八千人、外地部隊＝約三〇八万人。海軍は同様に約二四二万人、内地部隊＝約一九七万二千人、外地部隊＝約四四万八千人だった。内地、外地を問わず生存者の多くは無条件降伏後復員した。

内地部隊の復員は敗戦後早い時期に整然と行われた。ところが、外地部隊はかならずしもそうではなかった。当初、復員当局は、各部隊が復員業務を処理する能力のあることを予定していた。しかし、個々の軍人軍属が集団となって帰還したり、復員業務を処理する能力を失っていたり、あるいは犠牲者が多く、生死不明者も多数あったりして実態は一様ではなかった。

加えて、復員に関する諸規定の不徹底もかさなり、限られた日数内で上陸地での処理を完全に行うことができない場合も多かった。そのため上陸地支局長が部隊長に代わって復員処理することを認めることになったという

ところが、満州は部隊ごとシベリアに抑留されたため、それどころではなかった。上陸地支局では収容所の使役から解放され、引揚げ船で帰還した復員者に個々に接触し、未帰還者などの情報を得ながら復員業務を行うしか方法がなかった。

復員名簿は以上のような状況のなかで作成または調整されたものだった。この名簿は、生死に関係なく部隊員全員が登載され、死亡者は戦死・戦病死・病死などと区分された。

復員名簿はみな「復〇名簿」と名付けられた。歩兵二四七連隊はたまたま復七名簿の名称になったのである。

復七名簿は人別に調整されている。父の名簿は最初の行に「静岡　第一一二師団歩兵二四七連隊」と記してある。

続いて処決、兵籍、官等級、氏名、本籍、留守担当者住所氏名などの項目に分類されてい

る。処決の項目は赤字で「病死」、兵籍は「歩」、官等級は赤字で「長」となっている。留守担当者は妻である母の名前と本籍が記載されている。兵籍の「歩」は歩兵の歩である。

注目すべき項目が二つある。一つは、官等級の赤字の「長」は兵長を示すものと思われる。静岡県より入手した父の履歴書の昇進経過は左記のとおりであり、復七名簿と一致した。

＊昭和二〇年五月一九日、二等兵
＊同　八月一〇日、一等兵
＊同　八月一三日、上等兵
＊　同日、兵長

八月一〇日は戦車を中心にしたソ連軍の強大な火力によって徹底的に押し込まれた日であり、同一三日は戸籍上、ソ満朝国境の琿春で戦死した日である。さきにも記したとおり、四日間で三階級の特進をしている。名誉の戦死による昇進というわけだ。しかし、三つ上げようが、五つ上げようが生命が返ってくるわけではない。一兵卒がボロきれのように処理されていく見本である。戦場に立たされ、殺された兵たちはみなこのように扱われた。

復七名簿でもっとも注目すべき記載は処決の項目である。ここで生死の区分がなされた。生存者は復員、死亡者は戦死などと記されたものと思う。

父の場合、処決が赤字で病死となっている。先述したとおり、静岡県庁の援護当局から取り寄せた本籍地名簿＝公報では戦死と書かれている。復七名簿と本籍地名簿の死亡原因が違うのだ。さらに重大なことは、次項で取り上げる留守名簿では初め戦病死としたが、あとで戦死に訂正している。さきに父の死亡日は三つあったと述べた。同様に、死亡原因も戦死、戦病死、病死と三つの死因が、一度は記入されたのである。これもまた驚くべきことだ。

本項の最初に復員業務を処理する能力を失った部隊、あるいは犠牲者が多く生死等の状況不明者が多数ある部隊など、復員者は一様ではなかったこと、しかも、復員に関する諸規定の不徹底もあり、限られた日数内で上陸地において復員状況を処理することができない場合が多かったと述べた。父に三つの死亡原因が出てきたのも、そのような混乱状況を示す例証の一つではないだろうか。

四　目に飛び込んだ第八中隊の文字

思い違いと自責の念　留守名簿に入りたい。新資料の収得は一つ得ると、それを手がかりに次の資料を探すという経過を辿った。なかでも留守名簿は最初の段階で得た資料中、もっとも重要な資料となった。私の目的は父の死亡した場所を特定し、そこを尋ねることにある。それへの手がかりの出発点はこの名簿にあったと言えよう。

留守名簿を手にした瞬間、私の目に飛び込んできたのは昭和二〇年五月一九日調整「第八中隊」という文字だった。氏名欄に父の氏名がはっきり記載されている。間違いなく父の名簿である。そのとき私の手は震えた。どこの中隊に属していたかわかったからである。少なくない資料を蒐集しながら見つけることのできなかった中隊名だった。私は、父が二四七連隊第八中隊の兵士であったと即断した。

名簿は各人別に作られ、連隊への編入年月日、本籍地、在留地（住所）、留守担当者、兵種や階級など一〇項目ほどに区分されていた。在留地は満州・遼陽市の住所であり、留守担当者は妻である母の氏名が書かれている。多くの項目はいままで手に入れた資料と基本的に同じものだが、決定的な違いは二四七連隊の中隊名、第八中隊が明確に記されていたことだった。

なぜ中隊名がいままでの資料に出てこなかったのか？　私は呻きながら留守名簿を凝視した。

中隊名に続き、注目したのは欄外に当初、「戦病死」の印が押されていたことである。前項で述べたように、第三の死因がここにも記されていたのだ。後日、戦病死の「病」の字だけ朱抹し「戦死」と訂正したことがありありとしている。

留守名簿の欄外には遺骨慰留品名簿という文言が記されていた。つまり元となる名簿＝遺骨遺留品名簿が存在することを留守名簿と以前に取得していた「戦没者調査票」の二つの資料で裏付けられたのである。私は遺骨遺留品名簿がいずれかに存在するに違いないと確信した。

しかし、愕然とせざるを得なかった。長年にわたって溜め込んできた資料と証拠がすべてであると思い込んでいたことが、とんでもない思い違いであることにようやく気づいたからだ。父や母にたいする自責の念が激しく襲った。この遅れを一日も早く取り戻さなければならない。

赤紙と出征

私は父の呼ぶ声を意識した。昭和二〇年五月一八日の出征の日の早朝、父は眠っている私を起こさなかった。じっと見つめ、終わりに頬擦りしてわが家をあとにしたという。この日を境に私の前から、あの優しい父が消えた。

赤紙が届いたとき、何かが起こったことを普段と違うまわりの慌ただしさのなかに知った。幼いながらも、それは父にとって容易でないことも直感していた。たぶん出征の日の前日のことである。私を両腕で差し上げ、何やら呟いた。きっと平凡なことだったに違いない。

「よっちゃん、お父さんはすぐ帰って来るからね」

「その時にはもっと大きくなっているんだよ」

「いい子にしていなよ」

こんな言葉がいまでも私の奥深くに生きている。

私は叫ばずにはいられなかった。

――中隊名がわかったではないか！

――遺骨遺留品名簿という文言はいままで得ていた資料のなかにちゃんとあったではないか！

――いままで何をしていたのか！

この日、父を捜す新たな決意を固めた。


出征中の留守をあずかる者　復七名簿と留守名簿は私の目のウロコを剝ぎ取った。数十年を取り返さなければならない。思いはそれだけだった。私は息せき切るように厚生労働省の社会・援護局の担当部門に電話した。

「復七名簿と歩兵二四七連隊留守名簿を送ってもらいました。ありがとうございました。この名簿はもとよりあったのですね？」

「普通、部隊ごとに作られています」

「こういうものは各県の援護関係の部局にはないのですか？」

「たぶん厚生労働省独自のものではないかと思います」

「国のために死んだのだから、本籍地にも送られてしかるべきではないのですか？」

「お気持ちはわかりますが、個人情報でもありますので、請求があった場合、個別に送るようにしています」

「しかし、いままで各種の手続きは市町村や県を通じてやってきたわけですから、同じものが地方にあった方が都合いいですよね」

「それはそうでしょうが……」

「つまり厚生労働省と県では保管している書類がちがうということですが？」

「同じものもありますが、違うものもあります」

こんなやり取りが続いたが、国も県も同じものを持っているという私の思い違いがはっきりしただけだった。

この種の会話が続いたあと、私はあらたな請求を行った。

「復七名簿と連隊の留守名簿には驚きました。もっと早く手にしていれば、父の足跡がずっと前にわかったのではないかと残念に思います。そこで新しい資料を探してください」

「どんな資料でしょう？」

「留守名簿に遺骨慰留品名簿という文字がありました。その名簿はありますか？」

「探してみます。結果はご連絡します」

「とにかく新しいものは何でもほしいです」

「分かりました」

私は手応えを感じた。間違いなく出てくる。そう確信した。

案の定、厚生労働省より新たな資料が送られてきた。資料名もずばり、「遺骨慰留品名簿」だった。部隊名は復員処理や調整機能を喪失した連隊のため、昭和二一年一〇月九日に博多上陸地支局となっていた。

名簿は所属部隊、兵種、官等級、氏名、本籍地、留守担当者（住所、続柄、氏名）、死亡年月日、死亡区分、死亡場所、遺留品、摘要の一一項目に分類されていた。

死亡年月日と死亡場所は歩兵二四七連隊留守名簿に記載されていた内容と同じで、昭和二〇年八月一三日、琿春で戦死となっていた。留守名簿のこれらの各項目は遺骨遺留品名簿にもとづいて作成されたのだから、同じ日付、同じ死亡区分、同じ死亡場所となっているのは当然であろう。ただ、官等級は一等兵だった。復七名簿は兵長、静岡県から取り寄せた履書では八月一三日、一等兵から上等兵、続いて兵長に二階級特進している。

遺骨遺留品名簿に記載されている文字は不鮮明で、なかには判読できない文字もあった。かろうじてコピーできたようだ。私は透かすようにして留守担当者欄を見入った。驚いたことに、そこには聞いたこともない人の住所、氏名が記載されていた。続柄は空欄だった。

――アレッ、何だこれは？

――瀬川久男？　父が出征中のとき、連絡などの責任を負う者が留守担当者ではないのか？

――留守担当者の住所が岡山県？

――岡山県に親戚はいない。静岡県に本籍地を持つ父に、なぜ岡山県の人が出てくるのだ？

――親戚なら続柄か、何かが書かれていてもよさそうなのに空欄だ。

――待てよ、たしか二四七連隊留守名簿にも留守担当者欄があったはずだ。

私は留守名簿を見直した。その留守担当者欄には妻である母の名前が書かれている。続柄もちゃんと妻になっている。遺骨遺留品名簿と留守名簿の留守担当者の氏名が違う。なぜだ。留守担当者が二人もいる。

――二人の留守担当者？　そのようなことがあるのだろうか？

――どちらかが間違っているではないのか？

――しかし、留守担当者を妻とする資料を間違いとするわけにもいくまい。夫がいないとき、妻が留守をあずかるのが普通ではないか。

――混乱した状況のなか、何らかの事情で遺骨遺留品名簿に無関係の人の名前が誤って記載されてしまったのではないか。敗戦からまもないときだ。大いにありそうだ。

――だが、やはり不思議だ。

遺骨遺留品名簿　私は二つの資料の留守担当者欄に記載されている文字を繰り返し見ながら、疑念が深まるばかりだった。次に遺骨遺留品名簿の他の項目に目を転じてみた。遺留品の欄があった。またまた驚いた。遺留品が「有」になっているのだ。遺留品のことなど、母からも聞いたこともない。

――遺留品というからには何かの「物」のはずだ。

――博多上陸地支局にあるというのか？　その後継行政機関に問い合わせることができるのか？

――いったいどんな物か？

――遺骨や遺髪も含まれるのか？

謎に包まれた時間がしばし続いた。見知らぬ留守担当者といい、遺留品「有」といい、まるでミステリーの世界ではないか。しかし、数十年も知らなかった新しい事実や資料が次々に出てきていることだけは確かだ。父親捜しが迷路から脱却しつつあるのかもしれない。

続いて摘要欄に目を移した。字が薄くて判読が難しい。拡大レンズを当ててみた。三行に分けて書いてある。

「遺骨遺留品ハ上陸地支局デ（筆者注、「デ」のように見える）遺族ニ交付〇〇（筆者注、二文字判読不能）」。私はさらに驚愕した。遺族ニ交付とは何を意味するのだろう。通常、交付とは手渡すと解釈される。

——何を交付したのか？

——遺族の誰に交付したというのか？

——母が満州引き上げ後、博多まで行ったという記憶はまったくない。行ったとすれば、母がその旨を告げていたはずだ。

——それとも博多支局が郵送でもしたと言うのか？

はたまた混乱の淵にはまり込んでしまった。

ハッとわれに返って私は電話をとった。

五　遺骨は？　遺留品は？

二人の留守担当者　厚生労働省の旧軍人関係の担当部門には聞かなければならないことが

たくさんある。

「遺骨遺留品名簿を送っていただきありがとうございました」

「いえ、どういたしまして」

「いろいろ伺わなければならないことがあります。一つずつお尋ねしたいと思います。よろしいですか」

「分かる範囲で、できるだけお答えしたいと思います」

「遺骨遺留品名簿に留守担当者という項目がありました。留守担当者には、どういう人がなるのですか?」

「ご家族の方がなりますが………」

「妻とか、親とかですよね」

「そうです」

「ところが、まったく知らない人の名前や住所が書いてあるのですが」

「エッ、親戚の方ではないのですが?」

「違います。親戚筋にはこういう姓名の人はいません。続柄の欄にも何も書いてありません。しかも住所は岡山県になっています。私の一族は静岡や東京です。まったく聞いたことのない人が留守担当者なっているのです。こういうことってあるのですか?」

「さぁ、…………よくわかりませんが…………」

電話の相手は若い人のようだ。六〇年以上も昔のことである。この種の仕事をしているからといっても何でも分かるというわけではないだろう。その点は十分理解できる。

「初めに送ってもらった歩兵二四七連隊の留守名簿にも留守担当者の欄があります。この名簿では留守担当者は妻、つまり私の母です。あなたの言うように、ここでは確かに家族になっています」

「そうですね。通常、留守担当者は家族ですよね」

「留守担当者が複数いることはよくあることですか？　一人はまったく知らない人ですが」

「…………」

遺骨遺留品名簿に出てくる留守担当者と留守名簿に出てくる留守担当者とは、それぞれ役割が違うのでしょうか？」

「…………こちらでも調べてみます」

「次の疑問に移ります。遺骨遺留品名簿という名称になっていますが、遺骨や遺留品のことは何も書いてありません。とても字が薄くて読みにくいのですが、〈遺骨遺留品は上陸地支局より遺族に交付〉と書いてあります。ところが、遺骨遺留品の〈物〉について何も書いてありません」

「…………」

「〈遺族に交付〉は手渡したということでしょうか？　それとも郵送したということでしょうか？」

「さぁ、…………資料中にそのことが何も書かれていないとすれば、いまとなっては確認のしようもないように思われますが……」

〈事〉が〈事〉だけに不用意には答えられない、という雰囲気が電話を通じてありありと伝わってくる。それは真剣に対処しようする表われでもあった。

私は言った。

「遺骨遺留品の〈物〉が何か分かれば推測しようもあるのですが、…………とにかく遺骨や遺留品について何か新しい資料がないか、探してもらえませんか？」

「よく分かりました。こちらも精一杯あたってみます。いましばらくお待ちください」

新しい資料を得ることを決意してから援護関係の人と連絡をとることが多くなっていた。職務分担の違うこともしばしばあるが、いずれも懇切丁寧だった。どの人も依頼者の立場に心をよせ、要望に沿うよう真剣に応じてくれた。

印鑑とお守り　遺族にとって肉親の生命を奪われたうえに、どこで死んだかさえわからない悔しさは筆舌に尽くしがたいものである。人々はこうしたトラウマを背負っている人間の心情を理解し、やさしく慰め、憐れんでくれるだろう。だが、深淵な襞にしっかり絡みついて離れない怨念や執念まですべて推し量ることができるかといえば、いささか疑問に思われる。はじめの頃、私はそのような思いが比較的強かった。しかし、援護関係の人たちが私の依頼に応え、懸命に調査したり、問い合わせに応えたりする態度や姿勢のなかに彼らの誠意と真面目さを感ずるようになった。

閑話休題。

厚生労働省から、また新たな資料が届いた。今度は「遺留品目録」である。目録は左記のように記載されていた。

静岡地方世話部ノ分　昭和二一年一〇月九日　部隊名、博多上陸地支局

所属部隊　満州第一三一二五部隊

官等氏名　陸軍一等兵　油井俊夫

本籍地（現住所）　静岡県

留守担当者（住所氏名）　岡山県〇〇郡〇〇町〇〇番地　瀬川久男

品目　印鑑一ケ　お守り一ケ

またぞろ重要な証拠資料が現れた。遺骨遺留品名簿の昭和二一年一〇月九日と同じ日付だ。

遺骨遺留品名簿と一体化した目録のようである。

私の鼓動が激しく打った。次第に父に近づいていく。この線を徹底的に追うべきだ。自分自身に言い聞かせた。

最初に目についたのはやはり遺留品である。

――あった！　見つけたぞ！

――これが父の遺留品？

――印鑑とお守り？　本当に父のものか？　戦地に持っていったものか？

――父からそれらを預かった人は誰か？

――どのような経過で博多の上陸地支局に届けられたのか？　あるいは持ち込まれたのか？

――遺骨遺留品名簿には遺族に交付と書いてあった。しかし、遺留品目録には交付の文字はない。何故だろう？　本当に遺族に交付されたのか？　交付されたとすれば遺留品はどこにあるのか？

疑問符が猛烈な勢いで頭のなかを巡る。復七名簿、二四七連隊留守名簿、遺骨遺留品名簿、そして今度は遺留品目録である。なぜいまの時期なのか？　遅すぎた！　激しい嫌悪感が全身を覆う。

私の想定に印鑑とお守りはなかった。しかし、日本人は自己証明にかならず印鑑を使用する。伝統的慣習だ。軍隊に入るにあたり、印鑑を携行するのはあたり前だろう。お守りもそうである。いまも少なくない人々が肌身離さず身につけている。定着した風俗文化だ。ましてや神社神道の全盛の時代である。戦地に向かうすべての兵士がお守りを守護神にしたはずだ。父もそうだったに違いない。

印鑑とお守りは兵士の必需携行品である。それらは父にかぎらず、もっとも多い遺留品の一つになったに違いない。愚かにも、私はそれに思いを馳せることがなかった。

私は急いで次の留守担当者の住所氏名欄に転じた。遺骨遺留品名簿に書かれていた人と同じ住所氏名が出てきた。

――瀬川久男！

――この人はいったい誰だ！

――いや何者だ！

私の前に二度まで登場してきた。こうなると見知らぬ人だけでは絶対すまされない。この人物こそ、父を捜し出すキー・パーソンになるかもしれない。かならず突き止めなければならない。昭和二一年一〇月九日の作成とはいえ、その当時の住所が判明した。捜す手立ては十分にありそうだ。私の期待感は大きく拡がっていった。

遺留品目録の本籍地欄をみて「おやっ？」と思った。そこには父の本籍地が「静岡県」としか書いてなかったからだ。さきに手にしていた遺骨遺留品名簿をあらためて確認してみた。この名簿の本籍地も同様に静岡県だけだった。遺留品目録を見て初めて気がついたのである。留守担当者・瀬川久男の住所は番地まで記されているのに、遺留品を遺した本人の本籍地が静岡県どまりになっているのは訝しい。静岡県以下の市町村名も書かれてしかるべきではないか。何故だろう？　私の疑問符がまた頭をもたげる。

本項の終わりに、所属部隊名について一言述べて次に移りたい。遺留品目録は所属部隊を満州第一三一二五部隊としている。二四七連隊とは書いてない。各連隊は部隊の通称号を持っていた。「歩兵二四七連隊略歴」には公一三一二五部隊と、公第二〇三二五部隊の通称号を記していた。つまり二四七連隊は二つの通称号を持っていたのである。

第二章　幽かなシグナル

一　戦友はいずこに

旧軍の来歴と防衛省　これで復七名簿、二四七連隊留守名簿、遺骨遺留品名簿、遺留品目録の四つの新しい資料が集まったわけである。私の目的は父の死亡した場所を特定し、そこを尋ねることにある。父の幽かなサインが見え始めた。まるで手招きしているかのようだ。私は叫ばずにはいられなかった。

——あなたの居場所の近くに来ている！

——もう少しだけ時間をください！

出征を前にした慌ただしい父の姿がまた蘇ってくる。頭上高く私を差し上げた、あの懐かしい姿だ。あれから六〇数年たつ。どんなことがあっても向かい合わなければならない。語るべきことはヒマラヤ山脈ほどある。六〇数年の時空を一気に飛び越えるのだ。それはいまを生きる私の義務だ。四つの資料を前に自分自身に強く言い聞かせた。

これまでの資料で明らかになったことは左記の五つである。
①所属部隊は二四七連隊の第八中隊であること。
②妻である母と瀬川久男なる未知の人物が留守担当者になっていること。
③瀬川久男は資料中に二回登場してきたこと。
④その人物の昭和二一年当時の住所が判明したこと。
⑤印鑑とお守り各一個が遺留品として遺され、博多上陸地支局がそれを確認していること。
あれこれ考えながら、五つの手がかりにしたがって調査するのが常道であろうと判断した。それはミステリアスな推測の世界でもあった。

将棋の対局で盤上を睨みつつ、ときおり長考が行われる。私は四つの資料と五つのメモ書きを、盤上ならぬ机上において長考に入った。しかし、到達した結論は実に単純なことだった。急がば回れだ。一つ一つ順序に沿っていかなければ再び迷路に陥る。

私は二四七連隊から始めることにした。同連隊は父の生前中の所属部隊である。第八中隊が最初のゲートになるべきではないか？　そのためには二四七連隊の資料がどうしても必要になる。どこかにないか？　さっそく図書館に走った。

最初に手にしたのは防衛庁防衛研修所戦史室編纂の戦史叢書である。膨大な叢書で全一〇二巻からなっていた。最終巻は一九八〇年（昭和五五年）一月だった。巻ごとに『支那事変陸軍作戦』『中部太平洋方面海軍作戦』などとタイトルされ、そのなかに『関東軍⑵関特演・終戦時の対ソ戦』があった。

この叢書は対ソ戦争の実態を詳しく記していた。関東軍の各師団や一部の連隊、大隊、場合によっては中隊まで記述した箇所もあった、しかし、全体として戦闘状況や惨めな敗残状況に触れたものがほとんどだった。

二四七連隊が所属した一一二師団に至っては、主力がソ満朝国境に近い密江屯付近で交戦したが、損耗が大きく細部は不明であるとしか書かれていなかった。師団以上を除き、内部構成や人的内容に及んだものはなかった。私はたちまち行き詰まってしまった。

次の資料のターゲットを探さなければならないと思いながら、その出版日付をメモしていたときだった。私のなかを閃光が走った。

――そうだ、この叢書は防衛省の出版物だ。

――解体した旧軍の来歴を示す書類や部隊編成、各種の情報はどこかに保管されているのではないだろうか？

――あるとすれば防衛省ではないのか？　ほかの国家機関ではないだろう。二四七連隊の人的構成もあるかもしれない。

――防衛省にあたってみよう！

こうして調査の標的は決まった。

防衛省資料に眠る父と戦友　防衛省は陸上、海上、航空の三自衛隊を統括する巨大な国家組織である。調べていくうちに「防衛省防衛研修所図書館資料閲覧室」の存在を知った。すぐ電話した。

「ちょっとお聞きしたいことがあります。父のことを調べている者です。もう亡くなっていますが、関東軍一一二師団の二四七連隊に属していました。そちらに二四七連隊に関する資料のようなものはありますか？」

「ご遺族の方ですね？」

「もちろんです」

「少しお待ちください」

遺族や戦友など、この種の問い合わせが結構あるのだろうか。慣れた様子の受け応えだった。しばらくすると返事が返ってきた。

「二四七連隊ですね。あります」

「ありますか！」

推測は的中した。やはり防衛省、自衛隊だ。ちゃんと保管している。私は再び訊ねた。

「相当膨大な書類でしょうね？」

「いえ、書類ではありません。元は書類ですが、いまはマイクロ・フィルム化され、画面で見ることになります」

「あぁ、そうですか。時間的にはどのくらいかかるでしょうか？」

「丁寧に見ればある程度かかるのではないかと思います」

「必要なところだけコピーが取れればいいのですが………」

「いえ、コピーはできません。閲覧だけです」

「コピーはだめですか。そうすると画面を一つ一つ見ながら探すことになるわけですね？」

「そうです」

「時間の余裕を持って伺う必要がありますね？」

「………そうかもしれません」

「あのー、閲覧して必要なところが、出てきたら、コピーはできなくてもメモすることはかまいませんよね」

「それはかまいません。それから写真にとることもダメです」

「わかりました。近日中に伺いたいと思います」

コピーを認めないのは旧軍の資料とはいえ、情報の散乱をおそれ、警戒しているからであろう。軍隊時代の私的制裁にたいする報復目的で個人情報を集めたという話も聞いたことがある。防衛省・自衛隊当局は悪用されない手段、方法の一つとして閲覧だけに限っているのかもしれない。

私は日をおかず、長たらしい名称の防衛省防衛研修所図書館資料閲覧室を訪ねた。そこは東京の目黒区にあった。防衛研修所の付属施設の一つだという。治安出動も行う防衛省だけあって堅固な門扉が設えてあった。営門手続きをすませると、閲覧開始時刻も待ち遠しく、走るように図書館の資料閲覧室に入った。

事前に依頼していたこともあり、係官は〈心得ています〉とばかりにコンピュータの一つに案内し、手際よく説明してくれた。私は祈るような気持ちで操作に入った。

書類をマイクロ・フィルム化した資料は予想どおり膨大なものだった。ディスプレイに多くの閲覧請求番号が表示され、資料の名称と番号を明示してあった。装置や資料に慣れるためにいくつかの請求番号にあたってみた。多様な種類の資料である。慰霊行事や戦友探し、合同調査会の書類、懇談会での発言記録や地図などもあった。

請求番号ごとにじっくり閲覧したらどのくらい時間がかかるか分らないだろう。効率的な閲覧方法が次第に分かってきたので、これはと思う請求番号に沿って見ていくことにした。制服組を含め、次第に閲覧者が増えてきた。

私は次の二つの請求番号を特定した。
《請求番号　満洲―終戦時の日ソ戦―〇五一五》
《請求番号　満洲―終戦時の日ソ戦―〇五一八》
請求番号〇五一五も請求番号〇五一八もタイトルは同じ「満洲―終戦時の日ソ戦」である。私の目的は、まずもって父の名前を見つけ出すことである。
二つの請求番号を開いたところ、〇五一八に左記の案内文言が出てきた。
＊簿冊名　〇五一八　歩兵第二四七連隊合同調査関係書類
＊件　名　昭和二八、八　歩兵第二四七連隊合同調査関係書類
＊資料名称　歩兵第二四七連隊第八中隊編成表
＊中隊長　中尉・吉田義一
一見して〇五一八は第八中隊関連の資料である。歩兵第二四七連隊第八中隊編成表の文言もある。中隊長の氏名も出ている。

私は請求番号〇五一八から閲覧調査を開始することにした。一字も漏らさないつもりで画面を見据えた。

父と瀬川久男の名前発見

閲覧資料室に入ってからすでに数時間がたっている。もう午後

だ。この請求番号だけでも一三九ページもある。私は引き続き丁寧に読み続けた。次第に焦りも出はじめた。緑の画面を追いながら三三ページ目に入ったときだった。

突如「瀬川久男」の文字が目に飛び込んできた。父の名ではなかった。思わず「ウーッ！」と声を上げた。近くの閲覧者がいっせいに顔を向けた。私はかまわず画面を見つめ続けた。間違いなく瀬川久男だ。

遺骨遺留品名簿、遺留品目録の留守担当者欄に二度も登場した、あの瀬川久男の名前である。

——わかった！

——あなたは父・俊夫と同じ二四七連隊第八中隊の兵士だった。対ソ開戦前の陣地作りの頃から戦友だった。

——父とあなたはソ満朝国境の琿春の背後にある小盤嶺で、圧倒的に優勢なソ連軍に押し込まれた。密江峠で武装解除を受け、琿春飛行場に集結させられたあと、金蒼収容所に移送された。そして、シベリアの捕虜収容所でもずっと一緒だった。

——父の最期を看取ったのはあなただ！

——生還後、母に連絡してくれたのはあなただ！　母が会った人はあなただ！

——私が探し続けていた父の戦友は、あなただ！

何とも言えない感慨が何度も身体中を駆け回った。戦友をついに探し当てた高揚感と緑の画面を追い続けた疲労感が重なり、私はしばらく思考力を失っていた。ハッとした瞬間、次のページをクリックしていた。

私は目を剝いた。父の名前が飛び出してきたのである。今度は「オーッ」叫んだ。大きな声だった。またまた閲覧者の目が集まった。さすがに私は目礼をもって詫びた。父の名前は一三九ページ中の三四ページにあった。瀬川久男は三三ページだった。二人の戦友は奇しくもページも連続していたのだ。よほどの縁であろう。

――お父さん、ここにいたのか！

――何十年も待たせてしまって本当にごめんなさい。

――少し前からお父さん、あなたの発するシグナルを感じていました。防衛省防衛研修所図書館資料閲覧室からだったのですね。

――まだ巡り合えたわけではないけど、かならず近いうちに会いに行きます。

――戦友・瀬川久男さんもここにいました。隣同士の名簿だったのですね。よほど仲が良かったようですね。

――彼の住所もわかりました。早速、訪れたいと思います。お父さんのことをしっかり聞いてきます。

《請求番号　満洲―終戦時の日ソ戦―〇五一八》の三三ページと三四ページには次のように書かれていた。

瀬川久男　岡山　下欄番号　七三〇

処決　キ　兵種　歩　階級　二　職　空欄

油井俊夫　静岡　下欄番号　七三一

処決　シ　兵種　歩　階級　二　職　空欄

処決のキは帰還、シは死亡のことだろう。兵種の歩は歩兵、階級はともに二等兵だった。地名は本籍地と思われる。職業は空欄だった。

続いて第八中隊の編成表の閲覧に移った。総人数は一二九人だった。二四七連隊は九中隊で構成されている。乙編成の連隊は通常三千人だ。第三連隊の残置者をもって即製的に編成された二四七連隊の総員は一千一〇〇余しかいなかったわけだ。気休めにもならない弱小部隊といえよう。

一二九人中シが二九人、キは九〇人、一〇人ほどはキ、シいずれも記載されていなかった。調査時点で帰還または死亡の確認ができなかったと人たちと思われる。時期的にみても、ほとんど死亡しているのではないだろうか。第八中隊の戦闘または移送間、収容所における死亡率は二三〜三〇パーセントに達していたことになる。

編成表で注目すべきことがあった。第八中隊の中隊長以下の役職名のある幹部は一三人だった。これら幹部は全員帰還していた。中隊幹部は生き残ったのである。死んだのはほとんど二等兵だった。軍の序列は星と飯の数できまる。このヒエラルヒーこそ日本軍隊の厳然たる支配構造だ。下の者ほど厳しい運命が待ち受けている。編成表を見つめる私の顔面は引きつっていった。

父と瀬川久男の存在を第八中隊の資料で確認したあと、《請求番号　満洲―終戦時の日ソ戦―〇五一五》の閲覧に入った。一時の焦りはすっかり消えていた。〇五一五の名称は「好資料保有者名簿」となっていた。一二八ページある。名簿名からして第八中隊の資料保有者を示すものと判断した。

初め、好資料保有者名簿の「好」の意味がよくわからなかった。氏名・住所を読み進んでいくうちに、好とは「良好な」を意味することが次第に分かってきた。つまり第八中隊の諸事に関して信頼しうる資料を持っている人たちの名簿というわけである。

私は一人一人の名簿を確認しながらクリックを繰り返した。すると再び瀬川久男の名前が現れた。先刻の高揚感に比較すれば、今度はかなり冷静だった。

クリックを続けていたとき、瀬川久男が父を含む貴重な情報の保有者として名簿に記載されているのではないだろうか、という予感のようなものが続いていた。名前を見た瞬間――

やはり――の呟きが口をついて出た。

《請求番号　満洲―終戦時の日ソ戦―〇五一八》によれば、昭和二八年八月に二四七連隊の合同調査会が行われている。この調査会に瀬川久男が出席した可能性も否定できないだろう。それゆえ、好資料保有者名簿に登載されたのかもしれない。

このページに彼の住所も記載されていた。留守担当者として遺骨遺留品名簿と遺留品目録に書かれていた住所と同じだった。ここに瀬川久男の住所・氏名および父との関係が完全に特定されたのである。

防衛省防衛研修所図書館資料閲覧室の人影は少なくなっていた。私は朝の営門手続きからの勇んだ気分や、父と戦友の氏名を発見した一時の興奮状態から解放されていた。それは六〇数年ぶりに二人の兵士の原籍を捉えた確信的な満足感でもあった。同時に次に何をすべきか、それも決まっていた。

受付に朝方コンピュータの操作を説明してくれた係官がいた。

「長い時間かかりましたね。目的の資料は得られましたか？」

「ハイ、ずばりのものが出てきました」

彼はニッコリ笑った。

二　戦友と遺留品

抑留者の組織　防衛省の資料で父を看取った戦友をついに見つけた。新たな調査を開始してから七ヵ月以上経過していた。しかし、どこに葬られたか特定するのはこれからである。そのために、戦友・瀬川久男に会わなければならない。わからないことはまだまだ多い。私はこれまでの調査と経過を追いながら、あらためてそのことを再確認した。

私が不可思議に思ったことはやはり留守担当者のことだった。留守担当者は通常家族や妻がなる。それがこれまでの説明だった。しかし、瀬川久男とは何の縁戚関係もない。ただ、二四七連隊以来の戦友であることだけははっきりした。

瀬川久男に面会を求める前に留守担当者に関する知識だけは得ておきたかった。当時の上陸地支局のような復員業務を行う組織はすでにない。いま援護関係に携わっている人も戦後生まれだ。何人かに聞いてみたが、みなわからなかった。いろいろ考えた末、元復員者や抑留経験のある人に尋ねることにした。

日本にはソ連に抑留された人たちの組織や会がいくつかある。抑留中の未払い賃金や強制労働にたいし、旧ソ連政府やそれを引き継いだロシア政府、あるいは日本政府に遺骨送還や補償を求めたり、裁判を起こしたりした。すでに解散したところもあるし、引き続き活動を継続させているところもある。

私はそれらなかの一つに問い合わせた。

「ソ連に抑留された父親の遺族ですが、留守担当者についてお聞きしたいのですが、よろしいですか？」

「留守担当者？　応召されたあとの留守担当者のことですね。ハイ、どうぞ」

「留守担当者はどういう人がなるのでしょうか？」

「家族ですね。親とか妻とか。そのような縁故関係にある人がなっていました」

厚生省の担当者が説明してくれたとおりの話だった。

「つまり出征中に何かあったとき、連絡を受ける人という意味で理解していいですか」

「それでいいと思いますよ」

「実は私の父の場合、留守担当者が二人もいるのですが…………」

「…………どういうことですか？」

怪訝そうな返事が返ってきた。

「一人は父の妻、私の母です。母の名前は連隊の留守名簿にちゃんと出ているのですが、別の書類には知らない人、戦友だった人の名前が二箇所も出てくるのです。…………こんなことってあるのですか？」

「どんな書類ですか？」

「遺骨慰留品名簿と遺留品目録という書類です。各一枚ですが…………」

「そこに遺骨か、遺留品が何であるか書いてありますか？」

「あります。印鑑とお守りです」

「あぁ、そうですか。どこで作ったものですか、その名称が出ていますか？」

「博多上陸地支局と書いてあります」

「なるほど、よく分かりました。その戦友の方があなたのお父さんの遺品を持って博多に帰還し、復員局に申告したとき、印鑑とお守りの保持者として留守担当者になったのだと思います」

「こういうことはよくあるのですか」

「えぇ、戦友が留守担当者なる話はよく耳にしますよ」

「そうですか。よく分かりました。ありがとうございました」

実に明快な答えだった。このようなことならもっと早く聞いておけばよかったと思った。抑留者組織だけに、この種の質問にはすぐに応じられるのだろう。電話を切ろうとして、私はもう一つ重要な疑問を思い出した。

「すみません。あと一点お聞きしたいことがあります」

「どうぞ」

「遺骨遺留品目録に遺骨遺留品は上陸地支局が遺族に交付した、という意味のことが書いてあるのですが、〈交付〉というのは遺族を呼んで渡したという意味なのですか、それとも郵送したということなのでしょうか？」

「〈交付〉と書いてありますか？　それはたぶん戦友の留守担当者の意志か何かで、留守担当者に渡したという意味ではないでしょうか。その人が直接あなた方遺族に渡すため預かったのだと思います」

「そういうことも間々あるのですか？」

「亡くなった方の実際の状況を伝えるため遺族に来てもらい、遺留品を直接渡したということはよくあります。また、逆に戦友が遺族を訪ねることもよくありましたね」

「そういえば、映画やドラマなどで見かけました」

私は〈交付〉の問題は留守担当者の問題の解決後、あらためて尋ねるつもりでいた。ところが、留守担当者の疑問に続いて、交付の意味も容易にわかったのである。すぐに問い合わせしていれば、父の所在をもっと早い時期に知り得ることができたものをと、またまた臍を嚙む思いだった。

私は役員と思われる電話口の人に深甚なる謝意を述べ、電話機を置いた。いよいよ次は瀬川久男本人の番だ。緊張しながら身体に力がみなぎってくるのがわかった。

なお交付された遺留品＝印鑑とお守りが詳らかになったのは、それから一年近くたってからのことだった。まったく偶然の機会であった。

仏壇の戸棚や引出しの整理をしているときだった。そこに色あせたお守りがあった。そのお守りは母の生前中からあったもので、私も知っていた。母が大事にしていたので、古くなっても処分しないで保管していたのだ。

私の心臓がドキンと鳴った。ハッと思って引出しの奥に手を伸ばすと、印鑑入れが出てきた。母が実印にしていた小さな印鑑で、私の妻が大切にしまってくれていたものである。そのときに至って、初めて電光の如く遺骨遺留品目録、遺留品目録と二つの遺品が結びついたのだ。新資料を手にしていたにもかかわらず、愚かにも気がつかないでいた。もはや、うかつ以前の問題であった。

母は瀬川久男から父の形見、印鑑とお守りを受け取っていたのだ。だからこそお守りを仏壇の奥深くに保管し、印鑑は自分の実印にしたのだ。遺留品＝印鑑とお守りの謎が完全に解けた瞬間だった。

三　三つの思い違い

亡くなっていた戦友　私は思い違いをしていたと述べた。その一つは長年にわたり蓄積してきた資料のほかに新しい資料はないと勝手に思い込んでいたことだった。ところが、新ためて調査してみると、驚くべき資料が次々に出てきたのである。

それらは復七名簿であり、二四七連隊留守名簿であり、遺骨遺留品名簿であり、遺留品目録であった。

もう一つの思い違いがわかったのは防衛省防衛研修所図書館での二四七連隊の資料閲覧で、瀬川久男が父の最期を看取った戦友であることを確認したときだった。私は以前から父の戦友は広島県の人と思い込んでいた。しかし、実際には岡山県の人だったのである。

広島県は中国地方の大県であり、原爆の被災県でもある。だから、広島の印象が強かったのかもしれない。子どもの頃に聞いた話であり、曖昧な記憶のまま固まってしまったのだろう。この思い違いも父の足跡を追求するうえで重大な障害となっていた。

戦友・瀬川の話に入ろう。彼が父の同年輩であれば亡くなっていることが十分予想される。私の恐れていたことはそのことだった。

応召したとき、父は四〇歳の老兵だった。二四七連隊の新兵であった元抑留者に聞くと、古参兵はみな二〇代の若者で、自分たちの子どもほどの年齢だったという。かたや古参兵は父親のような年代の人たちが応召してきたと証言した。

瀬川が当時の若い兵士の一人であってほしいと願わずにはいられなかった。そうであれば年齢的に会える望みがあるからだ。しかし、防衛省防衛研修所図書館資料閲覧室での調査では二等兵と記されていた。そのため私の観測はかなり否定的で、父と同時期に召集された老兵ではないかという考えの方が強かった。

案の定、三〇年以上も前の一九七八年に鬼籍の人になっていた。残念きわまりなかった。戦友から生の声を聞く機会を永遠に失ってしまったわけである。スーッと力が抜けていくようだった。

――父にすまない。

――遅すぎた。

この種の言葉を呟きながら、しばらくの間うつろな思考状態が続いた。しかし、どうすべきか次第にはっきりしてきた。瀬川から父の最期を聞きだすことができなくなった以上、彼がどのような経路で日本に帰還できたか調べれば、父の行動の軌跡も浮かび上がってくる。

父の命日は昭和二〇年一一月二五日だ。このとき瀬川がどこにいたか特定できれば、父の埋葬地もわかる。彼は父の最期を看取り、印鑑とお守りを懐に入れ、帰還後に博多上陸地支局に身上申告した。

瀬川久男の行動記録か履歴がどこかにないだろうか？　それ以外に知り得る手段、方法はない。そのためには遺族の協力こそ決定的に求められる。私の目指すべき方向は決まった。遺族の理解を得るために、行政機関の支援を受けることも必要となる。しかし、個人情報である。軽々にできることではない。遺族の全面的な協力があってこそ私の願いも実現できる。私は人を介してお願いに努めた。

持ち帰った遺骨　幸いなことに遺族は私の要請を受け入れてくれた。みな戦後生まれの人たちだった。瀬川久男はシベリアで凍傷に侵されたり、過酷で辛い体験をしたり、栄養失調、病気で亡くなったりした気の毒な戦友たちがいたことなどを遺族に話していたという。しかし、氏名や地名など詳しいことはもちろん知らなかった。当然のことであろう。

遺族から提供された資料は瀬川久男の「身上申告書」「履歴原表」「履歴書」の三つだった。以上の書類は遺族の請求により初めて交付される。そのため、私の手元に届くまでかなりの日時を要した。

履歴原票は兵籍資料となる瀬川の身上申告書をもとに作成されていた。身上申告書は、昭和二一年一〇月九日に福岡上陸地支局が調整したものである。福岡上陸地支局は父の遺骨遺留品名簿や遺留品目録が作成された博多上陸地支局と同じ機関と思われる。日付もまったく同じだった。待ち遠しかった三つの書類を前に鼓動の高まりを感じた。

瀬川久男は父と同じ昭和二〇年五月一九日の満州現地召集だった。父より七歳若かった。二四七連隊の現地応召者は入隊するや琿春の後背にある山地・小盤嶺に主たる陣地を構築する作業を命じられた。軍事訓練はほとんどなかった。第八中隊に配属された二人は何らかの理由で戦友の絆を深めたものと思われる。

すでに述べたように、履歴原票は身上申告書にもとづき援護関係の関係部局が作成したものである。一方、身上申告書は帰還した復員者が自ら書いたものである。

記載項目は終戦時の所属部隊、徴集年、官等級、本籍地、復員後の連絡先、留守担当者、進級・任官、位勲功、賞罰、履歴概要、在外中の傷病名、携行物件等かなりの項目にのぼる。復員局は身上申告者を復員者の本籍地の援護機関に送達した。

ここでもっともシビアな門題を述べておきたい。とりわけ注目したのは「携行物件遺骨慰留品」の欄だった。「遺骨一件　油井俊夫（二等兵）」と書いてある。しかし、遺留品の印鑑とお守りの記載はない。一方、さきの遺骨遺留品名簿は遺留品を「有」とし、遺留品名簿に印鑑とお守りが記載されていた。

遺骨遺留品名簿はタイトルこそ遺骨遺留品名簿となっているが、欄中にあったのは遺留品の欄だけで遺骨の欄はなかった。そのため遺骨はないものと思った。しかし、瀬川の身上申告書をみて、遺骨遺留品名簿そのものが遺骨の存在を示すものであることがわかったのである。彼は父の遺骨も持ち帰っていたのだ。

家の墓には父の小さな骨壺がある。葬儀の際の形式的な骨壺ではないか、という思いを私は長年抱いていた。だが、瀬川の身上申告書を見て考えを変えた。瀬川は埋葬される前に、父の肉体の一部を遺族のために確保していた。当時の状況からすれば、おそらく遺髪と思われる。それは戦友としての証でもあった。

母は瀬川からそれを、印鑑やお守りとともに受け取っていたに違いない。遺骨遺留品名簿や遺留品目録では知ることのできなかったかけがえのない事実であり、瀬川の身上申告書だった。

戦友の履歴　履歴事項を簡潔に記した履歴原票に目をやった。瀬川久男の行動履歴は以下のとおりだった。月日のない箇所は明確な記憶がないため、記さなかったものと推測される。日付違いもあり得るだろう。

昭和二〇年五月一九日　臨時召集により東満総省歩兵部隊に現地応召

八月一六日　琿春にてソ軍により武装解除
九月二〇日　金蒼収容所に収容
　金蒼出発
　満ソ国境通過
一〇月一五日　入ソ　？収容所（筆者注、収容所が特定できず「?」を付けたと思われる）
一一月一五日　病気のため出発
　満ソ国境通過
　掖河着

昭和二一年八月二三日　掖河出発
　コロ島着
九月二六日　コロ島出帆
一〇月八日　博多上陸
一〇月九日　復員

昭和二〇年一一月一五日に病気のため出発、満ソ国境通過（月日なし）、掖河着（月日なし）の文字を見て私は愕然とした。掖河は黒竜江省のソ満国境に近い牡丹江市にある。

繰り返すが、私の最大の関心は、父がどこで最期を迎えたかにある。命日は何度も述べたように昭和二〇年一一月二五日だ。ところが、瀬川久男はその一〇日前の一五日、シベリアの「?収容所」を病気のため出発し、満州・黒竜江省の掖河に送り返されていた。

私は驚天動地の思いだった。なぜなら、父は昭和二〇年一一月二五日、シベリアの名も知らぬ日本人捕虜収容所で赤痢またはチフスなどの伝染病で死んだものと固く信じていたからである。しかし、瀬川の履歴によれば、このストーリーは崩れる。ここに第三の思い違いが生じたのである。私は父の満州逆送を想定のなかにまったく入れていなかった。

父と瀬川は行動を共にしていたのだ。だから、彼は父の最期を看取ることができたのだ。彼と父は一一月一五日、シベリアの「?収容所」を出発している。父は二五日に死んだわけだから、そこが「?収容所」でないことははっきりしている。

瀬川は一一月一五日から父が死んだ二五日までの一〇日間どこにいたのだろうか？　そのことについて経歴原票にはいっさい書かれていない。

病弱者の移送はたぶん汽車で行われたと思われる。地名もわからないし、昼夜の別のない列車運行や長時間の停車もあったと想像される。そもそも連れていかれた「?収容所」の地名や名称さえわからなかったのだ。一〇日間の日付と地名を記すことは不可能だったに違いない。

四　病弱者・四万七千人、朝鮮・満州に逆送

働けない者は邪魔　瀬川久男の行動を引き続き追ってみよう。身上申告書によれば、彼は昭和二〇年一〇月一五日からシベリアでソ連の強制労働に服した。一ヵ月後、病気（栄養失調）のため掖河に送られ、牡丹江のソ連軍が管理する掖河収容所に入った。一一月一五日に掖河に向けて出発したのだから、発病はそれ以前である。シベリアの「?収容所」に到着してまもなく栄養失調で病気になったのだろうか?

満州の金蒼収容所やそこからシベリアへの移送間でも少なくない人々が死んでいる。瀬川久男はシベリアの収容所に放り込まれる前に発病していた可能性も十分ありうる。三三歳とはいえ彼の兵隊年齢は決して若くない。十分な訓練もなく入隊した。二〇代の鍛えられた古参兵とは体力的にも比較にならない。

ソ連の目的は捕虜を使役し、その成果を完全に搾取することにある。そのためには健康でなければならない。軍人とはいえ、すべての者が極寒の地で過酷な労働に耐えられるわけではない。病弱者は少なからずいた。しかし、ソ連にとって病弱な捕虜を療養・看護する必要などない。そもそも医療施設など、当初はほとんどなかった。病弱者は邪魔なだけである。

邪魔者は還せだ。

ソ連軍当局は昭和二〇年から二一年にかけ、シベリアなど各地にいる労働に耐えられない病弱者を朝鮮と満州に送り返した。これを病弱者の逆送と言う。

抑留された日本人捕虜の数と内訳　日本政府推計のソ連に抑留された日本人捕虜は左記のとおりである。

抑留者　約五七万五千人（モンゴル一万四千人）　ソ連の資料に抑留者六四万人の数字もある。

死亡者　約五万五千人（モンゴル　二千人）

帰還者　約四七万三千人（モンゴル　一万二千人）

朝鮮・満州逆送者　約四万七千人（朝鮮・二万七千人　満州・二万人）

以上は下限に近い数字で死亡者を六万八千人、あるいは八万四〇人とする文献などもある。

現に私の父は右の死亡者約五万五千人のなかに入っていない。また、帰還者中四万数千人が重傷者だったとする調査もある。

日本政府はロシア政府より、二〇〇九年一二月〜二〇一〇年四月の間に合計約七〇万枚の日本人捕虜登録カードの写しを受領した。戦後六五年目のことである。遅々とした現実を知るとき、驚きとしか言いようがない。

このカードはロシア連邦国立軍事古文書館が保管していた。姓名、生年、出生地、収容所の移動歴があるが、項目や様式は同一ではなく、記載のないものもある。一人につき複数作成されている重複カードもあり、何人分になるか不明であるという。ロシア側から資料未提供のため、死亡者約五万五千人中、特定できない約二万一千人の名簿を中心に、カードと照合できる検索体制が確立されているとのことである。私は微かな期待を持って問い合わせてみたが、七〇万枚のなかに父のカードはなかった。

右記の死亡者約五万五千人には朝鮮・満州の逆送者約四万七千人は入っていない。従って、逆送者の生死は正確には分からない。

ロシア政府は二〇〇五年四月、朝鮮に逆送された二万七千六七一人分の名簿を日本政府に渡した。氏名、生年、階級だけのおそろしく簡単なものだった。死亡年月日の記載されていたのはわずか一七名に過ぎなかった。それでも朝鮮逆送者・約二万七千人は氏名、生年である程度特定できるようになったわけである。

ところが、満州逆送者・約二万人の名簿は今日に至るも放置されている。満州逆送者は前記の約五万五千人の死者中、特定されていない約二万一千人の死者と共にもっとも解明されていない抑留者問題である。

ロシア政府は日本政府の度々の要請にもかかわらず、いまも満州逆送者の氏名を明らかにしていない。朝鮮逆送者名簿の公表から六年もたつ。同じ逆送者であるのだから、朝鮮は分かって、満州が分からないという理屈は通らないであろう。

無償労働　父や瀬川久男が昭和二〇年一〇月一五日、シベリアの収容所に入ったとき、すでに厳しい寒気のなかにあった。日を追うごとにそれは強まった。栄養失調による病気や伝染病に罹る者が続出した。凍傷も襲い始めた。収容所当局は、かまうことなく森林伐採や道路補修、鉄道建設など、ほとんどただ働きの強制労働に捕虜を駆り立てた。

金蒼収容所からの移送間でも日を追って体調異変者が増えていった。収容所の重労働はたちまち捕虜たちの身体を衰弱させた。栄養不良から栄養失調症にアッという間に進行した。身体を動かすことすら困難になってきた。体力の衰えた者にチフス、赤痢などの疫病が待ち構えていた。使役が免除され、横たわっている捕虜が増えていった。

シベリアの収容所にさしたる医療設備はなかった。収容所当局にあるのは捕虜労働を搾取するノルマだけである。労働できない捕虜など何の役にも立たない。送り返した方が手間も暇も省ける。

父より七歳若かった瀬川久男も栄養失調のため過酷な労働に耐えることができなかった。四〇代の父は推して知るべしである。

父と瀬川はわずか一ヵ月の「?・収容所」生活を過ごしただけで逆送者となった。それでも瀬川は栄養失調とはいえ、父より若いだけに伝染病に侵される危険までには至っていなかった。そこに父と瀬川の運命を分けた決定的な違いがあった。

約四万七千人の逆送者は朝鮮と満州に分けられた。二人とも満州の現地応召者だ。父には南満の遼陽に懐かしいわが家があった。そこには妻と子どもたちがいる。北満からそれほど遠くではない。そう考えたとき、父・俊夫はいま直面している尋常ならざる事態を何があろうとも乗越えなければならなかった。それは限りない生への執念だった。

母から聞いた話が蘇ってくる。

「どんなお礼でもするから一緒に連れて行ってくれ」

と父は戦友に頼んだ。母が急逝したため、戦友の名前は分からずじまいになってしまった。しかし、続々と新資料が出現するなかで、その戦友こそ瀬川久男、その人であることが確認された。

父の頼み　父が瀬川久男に「頼んだ」時期は、二人が労働に耐えられない捕虜として満州逆送者組に振り分けられた以降のことではないだろうか。「?・収容所」かもしれないし、移送間の汽車のなかであったかもしれない。あるいは逆送先の満州の掖河収容所だったかもしれない。

「瀬川君、あんたに頼みがある」

父は身体を横たえたまま、喘ぐように視線を運んだ。眼窩は大きく窪み、目の輝きは失っていた。

「…………」

瀬川久男も仰向けに寝ていた。ゆっくり上半身を起こし、戦友の油井俊夫を見下ろすように少しだけ身体をよじった。

「応召以来ずっと一緒だった。俺より若いあんたには、いろいろ世話になった」

「そんな他人行儀な。あんたには知恵をずいぶん授けてもらったよ」

栄養失調の瀬川の受け応えも緩慢だった。

「俺は栄養失調から、何かの病気にとりつかれたのかもしれない。どうも変だ」

「栄養失調はお互い様だ。ろくな食い物もないのだから、病気になるのは当たり前だ。だから、送り返されるのだよ」

「満州はいいんだけど、こう身体が動けなくてはどうしようもない」

「弱気出すなよ、あんた」

「いや、そうじゃない。金蒼収容所や移送間でやられた人もいた。ソ連に来てからもずいぶんいる。俺も頑張ったほうだと思っている」

「そうだよ、もうひと踏ん張りだよ」

二人は目と目を合わせ、戦友の誓いを確かめるように言葉を交わした。

「あんたは俺より若い。栄養失調も俺よりいい。牡丹江の掖河は北満だ。南満の俺の家はソ連にいるよりはるかに近い。女房・子どもがいるし、くたばるわけにはいかない」

「そうだ。がんばろうぜ」

「ただ、俺は栄養失調だけではないようだ。だけど乗り越えてみせる。そうしないと女房・子どものところへ帰れない。絶対に生き抜いてみせる。瀬川君頼む。どんなお礼でもするから連れて行ってくれ」

「油井さん、俺らは同志だ。つまらない他人行儀な言い方はなしだよ」

お互いの手が同時にのびた。必死に死線を越えようとする戦友の連帯があった。

五　父の最期の地はどこか

移送中か、掖河収容所か　私は病弱で満州に逆送されたことを想定していなかった。シベリアのどこかの収容所で死んだものと数十年間思い込んでいた。しかし、瀬川久男の履歴原票と身上申告書が完全にそれを覆した。彼の履歴によれば、昭和二〇年一一月一五日にシベリアの「?収容所」を出発し、中国東北地方・黒竜江省牡丹江の掖河収容所に向かっていた。しかし、掖河にいつ到着したかは記載されていない。この点はすでに述べたとおりである。父の死亡日は「?収容所」を出発した一五日から一〇日後の、一一月二五日だ。それを知らせてくれたのは他ならぬ瀬川である。

問題は一一月二五日、彼がどこにいたかだ。一五日に「?収容所」を出発しているのだから、最期の場所は二つしか考えられない。移送間または掖河のいずれかである。一一月二五日に掖河収容所に到着していなければ移送中になる。移送には汽車が用いられたと思われる。その場合、輸送中の貨車の中か、停止中となる。その違いで埋葬場所も異なる可能性がある。厚生省援護局の編纂した文献に『引揚げと援護三十年の歩み』がある。日本軍の武装解除後、ソ連軍の管理下に入った日本人捕虜に関し、次のように述べている。

ソ連軍によって武装解除された軍人軍属のうち、病弱等のためソ連領に抑留されなかった者はソ連軍管理下の満州各地の収容所または病院にそれぞれ収容されたが、戦闘による体力の低下と病院の医療施設の不備等のため多数の死亡者を出すにいたった。

又ソ連領内に移送抑留された日本人は、移送間における体力の消耗、低下とソ連収容所到着後における給養、衛生条件の不良、労働の過重等により各地区共多数の患者を生じた。ソ連側は、これらの労働に堪えない者を入ソ直後から翌昭和二一年にかけて再び満州の延吉に約五、五〇〇人、敦化に約一五〇〇人、牡丹江に約八、五〇〇人、黒河に約一、四〇〇〇人を逆送した。この逆送の途中においてすでに多数の死亡者、傷病者を出した。

これらの傷病者を収容した病院は、ソ連側の管理下に、元日本軍の軍医、衛生兵、看護婦等が患者の診察に当たった。しかしながら、医療資材、及び薬剤の不足、給養等の不良等のため、発疹チフス、赤痢等にかかり又は栄養失調症となり、このため多数の死亡者を出すにいたった。又病院に付随する収容所は訓練大隊とも呼ばれ、おおむね旧日本軍と同様に組織され、入院にはいたらない者及び病院から退院した者等を収容した。その後、昭和二一年四月ソ連軍は満州から撤退するにあたり、一部を再度ソ連領に抑留し、一部を中共軍に引渡した。

これらの病院、収容所については、当時の職員又は患者等の帰還者からの情報をもとに、その職員の構成やその病棟の配置、死亡者の発生、給養、死体の処理状況等の細部について調査し、未帰還者の個人究明を進めた。

六六年の時空

瀬川久男の履歴原票でも父の死亡地は特定できなかった。しかし、私の心のうちは決まっていた。まず牡丹江・掖河を訪ねることだ。

私は確率八〇パーセントの割合で昭和二〇年一一月二五日、父は掖河収容所にいたと想定した。移送中に亡くなったとすれば、埋葬場所を特定することは不可能だ。その責任は旧ソ連政府やそれを引き継いだロシア政府にあるにしても、そこを尋ねることなど到底できるものではない。私は祈る気持ちで掖河収容所に賭けたのである
いても立ってもいられなかった。一別以来、六六年の時空を一気に飛び越えなければならない。

——最初に何と言うべきか？　それは決まっているではないか。

「お父さん、お久しぶりです。お元気ですか」

この言葉だ。当たり前ではないか。

——とてつもなく遅くなった訪問を父に詫びなければならない。

——資料取得にとんでもない時間をかけてしまったことを謝らなければならない。

——六六年のあんなこと、こんなことのすべてを語らなければならない。

——いやいや、言葉などで簡単に言い表されるものではない。全精魂をかたむけて父と向き合わなければならない。

——一日も早く牡丹江へ！　掖河収容所へ！

私は可及的速やかに訪中できるよう準備に入った。中国・東北地方にノウハウを持つ旅行代理店も探し当てた。父の死亡地または埋葬された思われる収容所跡にひざまずき祈りを捧げること、ソ連軍との会戦地や武装解除を受け、捕虜となった地点を尋ねることなどが趣旨である旨、事情を説明した。

また日本人捕虜収容所跡など二三箇所を指定し、当時の時代状況や関東軍の満州支配の実態、に詳しい現地のガイドを依頼した。代理店は旅行目的や訪中を急ぐ私の日程に驚きの様子だった。しかし、中国現地のエイジェントと緊急連絡をとり、私の目的を正確に伝え、真剣に対応してくれた。

現地から直ちに二三箇所の情報がもたらされた。一部不明な箇所もあったが、満足できる調査内容だった。ガイドも歴史に詳しい人であることがわかった。さすが現地の旅行会社である。私は父を尋ねる今回の旅行が成功するに違いないと確信した。

さぁ、出かけよう！　父のもとに！

六　牡丹江市・掖河収容所の悲惨な実態

遺体数三千　訪中を前に、政府関係資料などから牡丹江などの悲惨な実態をあらためて確

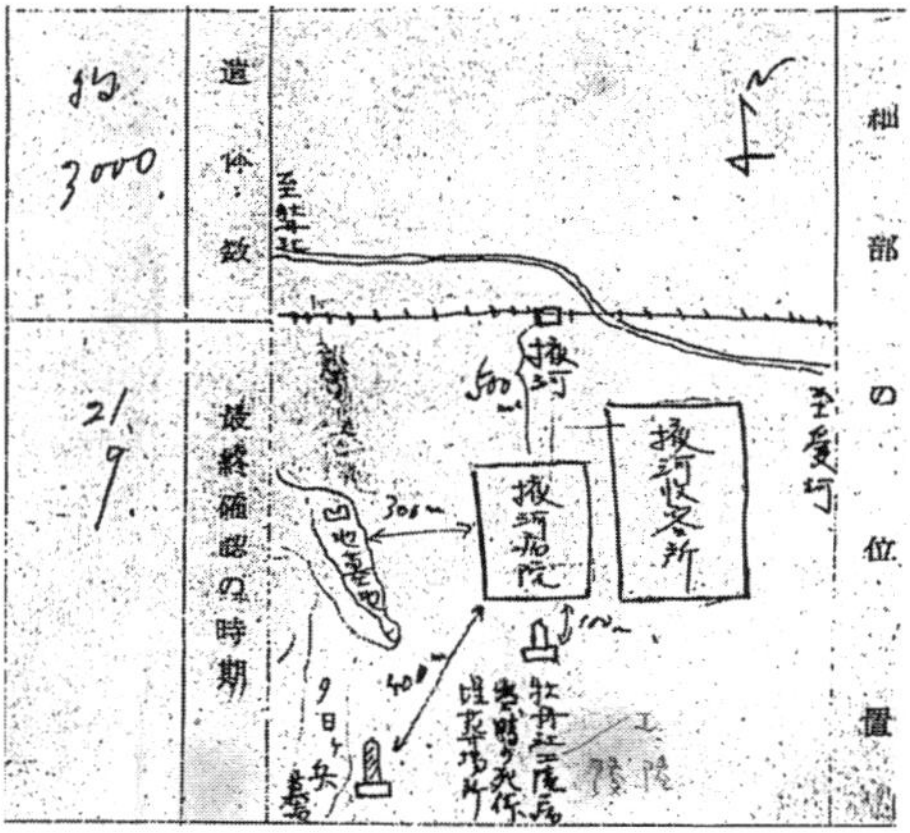

掖河収容所の約 3000 人の遺体埋葬地の図（厚労省）

認した。左記はその一部である。

　厚労省の資料図（上）によれば、掖河駅から五〇〇メートルのところに掖河収容所と掖河病院が並んでいる。ここで亡くなった日本人の埋葬地、墓が三箇所図示されている。掖河病院の裏側から一〇〇メートルの所に墓石型の図が描かれ、当時の死体埋葬場所を記してある。その斜め後方四〇〇メートルの位置にも墓石が描かれ、夕日ヶ丘兵墓と書かれている。また、掖河病院の左から掖河駅の線路に平行して約三〇〇メートルの位置に凹地墓地がある。

　図示の横欄に判読できない文字もあるが、目を剝くようなことが書いてある。

　埋葬時期　昭和二〇年八月～同二一年九月
　遺体数、約三〇〇〇
最終確認の時期、昭和二一年九月

埋葬の状況
一、昭和二〇年八月～同二一年二月、病院の屍室が一杯になると作業隊員が夕日ヶ丘墓地又は凹地の防空壕に埋葬した
二、八〇～一〇〇の防空壕があり、一防空壕に二〇～三〇体埋葬
三、昭和二一年三月、埋葬死体の大部分はソ連軍が発掘してどこかへ搬出した
四、昭和二一年四月以降の死体に関しては未調査である
遺体の生前における種別
軍人が主で、邦人は若干と推定
掖河病院の昭和二〇年から二一年九月までの死亡者のみ

二万人中八千五〇〇人死亡　先述したように、ソ連は日本軍を満州の各地で武装解除したあと、一千人前後の単位で作業大隊を編成し、昭和二〇年から二一年まで約五七万五千人をシベリア、蒙古、欧州ロシア、コーカサス、北極圏のウオロク、ナリンスク地方などの収容所に送り込んだ。

帝政ロシアやソ連にはシベリアなどを流刑地と定め、労働させる目的で未開発地域に囚人を送り込む伝統があった。日本人捕虜は、その伝統に沿う格好の対象となった。

昭和二〇年八月二三日、ソ連軍最高司令官・スターリンはソ連やモンゴルの各地に日本人捕虜を移送し、労働に供する極秘指令を発した。日本が無条件降伏して一週間ほどのことであった。父も極東シベリアのコムソモリスク地区か、ムーリー地区か、フルムリ地区のいずれかの収容所に入れられた。

捕虜労働に供するためにはある程度健康でなければならない。軍人とはいえ、すべての者が過酷な労働に耐えられるわけではなかった。

ソ連当局は約五七万五千人のうち朝鮮に約二万七千人、満州に約二万人、合計約四万七千人の病弱者を逆送した。その途上や収容所に到着後、おびただしい数の人々が病気や栄養失調などで死んだ。以上も既述したとおりである

厚生省援護局の文献によれば、牡丹江市の病院または収容所として関東第八病院、関東第五七病院、関東第七八病院、掖河病院、掖河収容所、謝家溝収容所などがあり、収容人員は概数二万人である。これらの施設で死亡した者の概数八千五〇〇人、昭和二一年四月から同年八月の間にソ連領に再び移された者の概数七千五〇〇人、昭和二一年四月、ソ連軍が満州から撤退にあたり中国共産党軍に移された者の概数四千人となっている。

また、厚生労働省の他の文書によれば、捕虜収容所は掖河、牡丹江陸軍病院、八達溝および拉古収容所にあった。収容人員約一万五千人（筆者注、二月中に二回計二〇〇名解放　昭和二

一年と推定）で状況は極めて悲惨であった。ソ連領から牡丹江市東方のソ満国境・綏芬河経由で続々病弱兵を逆送してきたが、衣食共に生命を保持するに足らず、死者続出の状態にあった。しかし、ソ連は放任の態度をとり、日本人難民委員会が救済しなければほとんど斃死の運命にあった。

遺体は軍人が主で、邦人（筆者注、難民や一般居留民）は若干である。掖河病院、掖河収容所だけで約三千人死亡している。ソ連から牡丹江に約八千五〇〇人逆送されてきた。単純計算しても掖河だけで三五パーセンが斃れたことになる。満州に送還された約二万人のうち掖河だけで三千人にのぼる。他の収容所の死亡者数が不明だから、即断できないが、掖河収容所がもっとも、悲惨をきわめた収容所の一つだったことは間違いないであろう。

掖河病院、掖河収容所の近くに八〇～一〇〇の防空壕があった。対ソ戦に備えた陣地の一部だった。牡丹江周辺には関東軍第五軍の一二四師団、一二六師団、一三五師団などが駐屯していた。これらの防空壕はそのいずれかの部隊が構築したものであろう。一帯は開戦となるやたちまちソ連軍に制圧された。防空壕は墓場となった。

一つの防空壕に二〇～三〇体を埋葬したというから、八〇～一〇〇あった防空壕を全部使いきれば遺体数はほぼ三千体となる。なかには自分が造った防空壕に埋められた人もいたのではないだろうか。私の父はここで栄養失調のうえに赤痢かチフスに罹患し、命運尽きて三千人の一人となったと思われる。

父を看取った戦友・瀬川久男は病弱者で逆送されながら体力を回復し、一年後に生還できた。父との運命の差異はどこにあったのか。彼は七歳ほど若い三三歳だった。この年の差も命運を分けた一つであろう。

一方、さきに述べたように、逆送者約二万人中約七千五〇〇人が体力回復後ソ連に送り返されている。シベリアなどで再び捕虜労働に供するためだ。せっかく満州まで戻りながら再逆送され、極寒の地で斃れて人たちも少なくなかったに違いない。

その点、瀬川は逆送から約一年後に日本に生還している。彼のような人はむしろ少なかったのではないだろうか。中国共産党軍に移された人約四千五〇〇人、死亡者八千五〇〇人にソ連再逆送者を加えると二万人に達する。瀬川久男は幸運としか言いようがない。

前記の埋葬状況欄中にほとんど考えられないことが書いてある。ソ連は昭和二一年三月、埋葬した三千の遺体の大部分を発掘してどこかへ搬送したという。私の父の死亡は昭和二〇年一一月二五日である。発掘され、どこかへ持っていかれた可能性大である。いったいどこへ搬送したというのだろうか。目的は何だったのか。捕虜を悲惨な死に追いやったうえに、遺体まで抹殺したのだ。三千体もだ。ロシア政府に決定的な説明責任がある。さもなければ反人間的・悪魔的仕業として人類史に永遠に遺されるだろう。

私は遺体の掘り返しと搬送に関し、厚生労働省のあるセクションに訊いてみた。

「これはどういうことでしょうか？」

「……」

「ここには発掘人数は書いてありませんが、大部分というと三千人近い遺体ということになりますが」

「そうですね」

「どう思いますか？」

その人はしばらく考えていた。

「よくわかりませんが……」

「この辺りは一一月には氷点下になります。たとえば解剖などの実験用に使ったとかということは考えられませんか？」

「さぁ、それにしても多すぎますね」

「死体埋葬の最終確認の時期は昭和二一年九月になっています。まったくの推測で結構ですので、あなたの考えられることを言ってもらえませんか」

しばし沈黙のあと、

「たとえば何かを構築したり建設したりするため、そこを掘り返す必要があったというのはどうでしょう?」

「うーん、それも考えられかもしれませんね。しかし、三千近くの遺体を搬送したとすれば、数が数だけにどこかに再埋葬された何らかの形跡があってもよさそうに思うのですが……………」

「それもそうですね」

電話での会話はこれ以上進まなかった。

このあと述べることになるが、私は掖河病院、掖河収容所を見学し、厚生労働省の人とのやり取りがある程度でわかったのである。

本項の最後に前記の日本人捕虜を使役に供するスターリンの極秘命令(昭和二〇年八月二三日)に触れておきたい。

元抑留者にとって八月二三日は忘れ難い日である。シベリア抑留支援センターなどはソ連軍最高司令官・スターリンの強制抑留命令の日に由来し、八月二三日に追悼集会を毎年開催している。二〇一一年も東京の千鳥ケ淵戦没者墓苑で行い、国の責任による実態調査や遺骨収集の実施などを強く求めた。現在元抑留者の平均年齢はすでに九〇歳を十分超えている。

第三章　父を尋ねて旧満州、シベリアへ

一　牡丹江・掖河収容所跡に立つ

いま精神病院　二〇一一年七月一日、私は北京空港経由・中国国内線乗換えで牡丹江空港に着いた。黒竜江省の広々とした大地のなかで、そこは晴天と緑に包まれていた。父を尋ねる最初の一歩は牡丹江市から始まった。

空港に黒竜江省の省都・ハルビンから来たスルー・ガイドの権軍と、牡丹江市の現地ガイド・温香玉が出迎えてくれた。権軍は三九歳。温香玉もほぼ同じ年代と思われる。二人とも気さくな人柄と見受けられた。私の要請した二三箇所の事前調査はほとんど彼らが行った。権軍とは一週間の付き合いとなる。

牡丹江空港から乗用車で農村風景のなかを掖河病院、掖河収容所に向かった。牡丹江市は大河・牡丹江が流れている。それに因んで名づけられたのであろう。この河はさらに北方の松花江に注ぐ。さすがに大国・中国。広大な大地が無限に広がっている。

完全舗装の大きな道路を突き進む。掖河は牡丹江市街の東方にある。車は少ない。程なく幹線道路を折れる。農家や民家が散見する。とたんに道が悪くなる。目指すところは近かった。牡丹江市内からでも二〜三〇分程度だろうか。掖河は鉄嶺河と名称を変えていた。掖河駅もずいぶん前に廃止されたという

掖河収容所のあった施設の正門は左右各四本、合計八本のレンガとタイルの大きな柱で構築されていた。正門上部に横書きで精神病院を意味する文字が並び、縦型の看板は労働者の保養院と書かれている。間口、奥行とも六〇〇〜八〇〇メートルほどあろうか。二、三年前まで収容所時代の一部が残っていたという。

温香玉は掖河収容所、掖河病院、陸軍第二病院は同一の敷地内にあり、陸軍第二病院＝掖河病院だった言う。

瀬川久男が昭和二〇年一一月二五日まで掖河収容所に到着していれば、父はここで亡くなったことが確実になる。私は八〇パーセントの可能性を信じて立っている。どのくらいの時間が過ぎたであろうか。五分かもしれないし、一五分かもしれない。ガイドたちは黙って私を見ていたようだ。私はただじっと立っていた。ここだったのか、という感慨が初めはあったと思う。しかし、頭のなかはほとんど空白になっていた。

ハッとわれに返ったとき、温香玉が話しかけてきた。

「油井さん、なかに入るのが難しそうですが…………」

憂いの浮かぶ顔を向けている。

「何とかなりませんか」

掖河収容所跡に建つ精神病院。門前の筆者（2011・7・2）

「精神病院が完成してから入れなくなったのです。患者の管理や保護のために…………病院の静穏を保ちたいのでしょうね」

「…………それはよくわかるのですが…………」

「何かいい方法はないですかね」

すると、運転手が権軍と温香玉に何ごとか話しかけた。ここの職員に知り合いがいるというのだ。彼はすぐ携帯電話を操った。しかし、知人は不在だった。

「それでは事情を話して受付にぶつかって見ましょう」

彼女は正門の右内側にある受付に向かった。懸命に交渉している。期待が膨らむ。しかし、ダメだった。温香玉が手を振りながら出てきた。

「以前は気軽に応じてくれたのですが。精神病院になる前まではよかったのですが…………残念ですね」

気の毒そうに私を見た。

正門左手に淡いグレーの現代的な三階または四階建てであろうか、大きな建物が三棟ほど並んでいる。とても精神病院とは思えない。保養所風だ。これらの建築物ができる前、同じ場所に収容所時代の建物があったのだろう。父はそこで最期の日を迎えることになったのだろうか。のどや胸が締め付けられる。

玄関正面のずっと奥の方に森風の木立が見える。ガイドの温香玉はその辺りが埋葬地の一部で、周辺から多数の人骨が出てきたと言った。そこまで行くことができない。残念だ。

厚生労働省の保管している図の示す夕日ケ兵墓地や凹地墓地または遺体埋葬用の防空壕跡は森になっているのであろうか。位置的にはそう推測できる。ソ連軍が約三千の遺体を昭和二一年三月に掘り返し、どこかへ搬送したのもここからと思われる。その後、多数の人骨が出てきたのだから、現在の精神病院の周辺一帯が巨大な埋葬地になっていたに違いない。

私は温香玉に尋ねた。

「いままで掖河収容所をたずねてきた日本人いますか?」

「もちろんいます。個人もあれば、団体もありました」

「どんな人たちですか?」

「ここに収容されていた人たちもいたようです。娘さんや遺族の方もいました。団体の人たちは中国の東北地方各地へ慰霊訪問に来た人たちのようでした」

「どのくらいの数の人たちを案内しましたか？」

「百人か、二百人か、かなりの数の人になると思います」

そう言って、優しく微笑んだ。

やはり掖河病院、掖河収容所にゆかりのある人たちが来ている。私が遅すぎたのだ。もっと早い時期に情報を得ていたなら、施設の敷地内に立ち入り、父が埋葬されたと思われる所まで行けたはずだ。わずか数百メートルなのに、と思うと父にたいする悔恨と自責の念が胸を襲った。

牡丹江の冬は氷点下三〇度を越えるという。一〇月には雪も降り、一一月になれば氷点下になる。父が逝った一一月二五日はもう冬だから、一段と厳しい寒さのなかにあったに違いない。戦友が語ったという母の話を思い出す。

「父の名を呼んだが、返事がなく、気がついたら亡くなっていた」

「お父さんは赤痢（筆者注、チフスかもしれない）に罹った」

この言葉を聞いたのは、私が小学生の頃だったと思う。

昭和二〇年一一月二五日　父・俊夫は夢うつつの気分にあった。しかし、昨日までの体調とまったく違っていた。ぜんぜん寒くない。起き上がってみる。何でもない。腕を振り回してみる。何でもない。四股を踏んでみる。何でもない。その様子を戦友の瀬川久男がニコニコ笑いながら見ていた。

「瀬川君！　俺直ったぜ。あんたはどうだ？」

「俺も一足先にやってみた。その辺りを走ってきたよ。これほどよくなっているとは思わなかったよ。もう大丈夫だ」

若い瀬川は自信ありげに応えた。

「こんなに調子がよければ寝ているわけにはいかないな。最近ずっと休んでいたから身体がなまってしまったよ」

「考えていることは同じだな。俺もそうよ」

二人は笑顔を向け合いながらしばらく黙っていた。不意に父が口を開いた。

「瀬川君、俺いいこと思いついたよ」

「なんだね、また」

「俺、ちょっと家に行ってこようと思ってね。女房、子どもの顔をしばらく見ていないしね。あまり留守が長くなってもよくない」

「そうだ、俺ら昭和二〇年五月一九日の現地召集だから、丁度半年になるってわけだ。ここらが潮時だな」

「本当だ」

まわりを見るとみな楽しそうに談笑している。横になっている人はいない。なかには相撲をとっている者もいる。

「瀬川君、俺の家は南満の遼陽だ。ここは北満といっても汽車がうまくつながれば、ハルビン乗り換えで新京、奉天を通り、一日でも行ける距離だ」

「そうだな、油井さんさきに行ってこいよ」

「わるいな、そうさせてもらうよ。ありがとう」

「俺は若いからどうにでもなるよ」

話はたちまち決まった。顔を回せばどこも同じような話をしている。二人の戦友は声を立てて笑った。吹雪が昨日まで激しくうなり声をあげていた。ところが、風もない晴天だ。見上げると南方に大きな虹が見事な半弧を描いていた。

「オイ、瀬川君。見ろ、虹だ。幸先がいい。俺はアレに乗って家まで行ってくる。すまんが後を頼む」

「まかせときな」

たなびくように金色の雲が行き交った。

父は懐かしいわが家の前に立っていた。そこは自分の勤める満州紡績株式会社の大きな社宅の一角だ。夕げの支度の盛りらしい。大好きな味噌汁の匂いがする。半年前と少しも変わっていない。

これならみな大丈夫だ。自分でうなずいてみる。勢いよく玄関の戸口を開いた。いつものように言おう。

「ただいま！」

「アッ、お父さんだ！」

子どもたちがいっせいに玄関の板の間に駆け込んできた。

「お父さん！　お帰りなさい！」

「オー、みんな大きくなったな！　どれ、一人ずつ来てごらん」

子どもたちはわれ先にと父の両腕になだれ込んだ。一瞬遅れ、妻のじゅんが割烹着で手を拭きながら板の間に正座した。

「おかえりなさい！　お父さん早かったわね」

子どもたちは父を引っ張り込むため前と後ろにまわった。居間の見慣れた座卓に座った父は笑顔で妻と子どもたちを見回した。

「みんなお利口にしていたね。だから、お父さんはごほうびで早く帰ってきたのだよ。うれしいかな?」

「ハイッ！　うれしい！」

子どもたちは大声で応えた。父のひざの間に末っ子の喜夫がさっそく座り込んだ。台所の香りが胃袋を強く刺激する。

半年ぶりに妻の手料理を味わえる。叔母の家で仕込まれただけあって、なかなかの腕前だ。まず銚子が一本と味噌汁、湯豆腐が出てきた。酒は捕虜になってから口にしたことはない。

「さぁ、いただきましょう。お父さん、ご苦労様でした」

妻のじゅんが安堵の声を夫に向けた。

「うん、君たちも一緒にね」

いっせいに子どもらが父に、次いで母にうれしそうな顔を向けた。

「お母さんにはあとでゆっくり話を聞かせてもらうからね。食べながら君たちから話してくれるかな」

「ハイッ！」

父は猪口の端を確かめるように口に運んだ。甘い香りが舌に溶け込んだ。そして、なじんだ味噌汁を啜った。
二つの味が絡み合うと生の喜びと意識の混濁が重なっていった。はしゃいだ子どもの声と妻の顔が遠のきはじめた。

祈り　掖河収容所跡の施設を見渡せるところがあるという。

正面入り口の左手を二キロ近く行くと、小高いゆるやかな丘になっていた。畑地も少しあるがほとんど原野だ。木や森で囲まれ、施設本体は見えなかった。北側一〜二キロ先に牡丹江の白い流れが遠望できる。河に沿って牡丹江市内の建物が霞むように見える。広大な、緑いっぱいの農村風景だ。

この地はいま最高に過ごし易い季節なのだろう。夏の真っ盛りだが、湿気はなく、汗もかかない。しかし、冬季となれば光景は一変するだろう。大地は風雪に晒され、氷点下何十度の世界になる。それが長期にわたる。父が逝った昭和二〇年一一月二五日はそんな時期に入っていた。

牡丹江市は旧ソ連国境に近く、かつ満洲の支配のためにも関東軍にとってきわめて重要な軍事拠点だった。陸軍病院だけでも二つある。厚生労働省資料では他にも数多くの病院がある。それらは関東第八病院、関東第五七病院、関東第七八病院などである。いずれも軍関係の病院だ。しかし、これらの病院は地元ガイドの温香玉にもわからなかった。

掖河収容所跡を見下ろしながらスルー・ガイドの権軍は言う。

「旧日本軍にとって重要なところは、いまの中国にとってもて重要です。ロシア国境を控えているので人民解放軍は牡丹江にも駐屯しています」

「そう言えば、精神病院＝掖河収容所跡の近くに進入禁止のバリケード風の構築物がありましたね。迷彩服、ヘルメット装備の軍隊が詰めていました」

「そうでしたね。あそこも牡丹江の人民解放軍の基地の一部です」

私たちはしばらく無言で台地に立っていた。

——父はあの森のなかにいたのだ。

——わずかな日時と思われるが、そこで息をつないでいた空間があったのだ。

——そして、あの森のなかのどこかに埋葬されたのだ。

——のちにソ連軍に発掘され、約三千の遺体の一つとして、どこかに搬送された可能性が大きい。

去り難い感情が私を覆った。ガイドたちに再び掖河収容所跡＝精神病院の正門に行くことを頼んだ。私は父の最期の地となった八〇パーセントの確率を信じ、正門前にひざまずいた。そして、祈りを捧げた。正門の向こう側の人がじっと見つめていた。

二　捕虜に関するジュネーブ条約

俘虜の待遇に関する条約　ソ連は宣戦布告後、圧倒的な軍事力と日本の無条件降伏により、約一週間で満州を制圧した。スターリンの極秘命令でシベリアなどソ連各地に移送された日本人捕虜のうち、労働できない病弱者約四万七千人を朝鮮・満州に逆送したことはすでに述べたとおりである。これら多数の病弱者はいつ発生したのであろうか。その時期を特定しておくことはすこぶる重要である。

そもそも昭和二〇年八月一五日後に武装解除を受けたとき、逆送されたような病弱者や疾病者はほとんどいなかった。栄養失調症、伝染病等の罹患者はソ連軍の捕虜となり、管理・統制下に入ってからのことである。なぜそうなったか。理由は簡単明瞭である。健康を維持するに足る給養が行われず、衛生および医療環境を著しく欠いたからだ。

捕虜に関する国際条約は一九世紀以来、歴史的変遷がある。赤十字国際委員会は一八六四年に戦時における捕虜の人道的扱いの必要性を提唱した。この協定はスイスのジュネーブで締結され、以後の捕虜の処遇に関するジュネーブ条約の事実上の始まりとなった。

近代の諸条約は一九〇七年、一九二九年、一九四九年の三度にわたり大きく改訂され、一九七七年に追加議定書が加えられた。

一九二九年に改定された条約の名称は「俘虜の待遇に関する条約」である。本条約は一八九九年と一九〇七年のハーグ条約を修正、補足したものであり、ここでは一九二九年のジュネーブ条約を取り上げる。なぜなら第二次世界大戦中の捕虜の処遇や取り扱いは一九二九年条約に準拠すべきであったと考えるからである。同条約が成立したのは第一次世界大戦で捕虜の著しい虐待が横行し、それまでの捕虜に関する条約の修正を必要としたからであるという。

俘虜の待遇に関する条約は全九七条からなっている。内容は捕虜の取り扱い原則から始まり、捕獲、拘束、収容所の設備、食料および衣服、衛生、金銭収入、移送、労働、外部との連絡、苦情の申し出の権利、処罰など広範で詳細にわたっている。

同条約は博愛の精神をもって取り扱うことや、捕虜が私権の完全な享有能力を保持していることなどを謳い、人格・名誉の尊重、虐待、恥辱の禁止などを基調にしている。若干の条文を引用する。

俘虜収容所の衛生に関する事項

交戦者は収容所の清潔及衛生を確保し且伝染病予防の為必要なる一切の衛生的措置を執る義務あるべし

俘虜は生理的法則に適ひ且常に清潔に保持せられたる設備を日夜供せらるべし

浴場及び灌水浴場の外に俘虜は身体の清潔を保つ為充分なる水を供給せらるべし
重病に罹りたる者又は其の症状が重大なる外科手術を必要とする者は捕獲国の費用を以って此等俘虜を治療することを得べき一切の軍用又は民間の病院に収容さるべし
俘虜の医学的検査は少なくも月一回なさるべし
該検査は一般の健康状態及び清潔状態の監督竝に伝染病の特に結核及び花柳病疾患の検出を目的とす
俘虜の食料に関する事項
俘虜の食糧は其の量及質に於て補充部隊（筆者注、自国部隊）のものと同一たるべし
飲料水は充分に供給せらるべし　喫煙は許さるべし
食糧に関する一切の団体的懲罰手段は之を禁止す
各収容所内には酒保を設け俘虜をして地方的市価を支払ひて食料品及日用品を購買し得せしむべし
酒保に依り収容所管理部の収むる利益は俘虜の為に利用せらるべし
俘虜の労働に関する事項
肉体的に不適当なる労働に使役せらるることなかるべし
一日の労働時間は過度ならざるべく（中略）日曜日に休養を与えらるべし

不健康又は危険なる労働に使役すべからず
懲罰の手段として労働条件の一切の加重は禁止せらる

非人道性とポツダム宣言の無視

右は九七条中のごく一部に過ぎない。全般にわたり捕虜の人道的、博愛的待遇を規定している。第二次世界大戦のすべての戦争当事国は俘虜の待遇に関する条約批准の如何にかかわらず、本条約に準拠して捕虜を処遇すべきであった。

本ジュネーブ条約は収容所の清潔、伝染病予防の衛生的措置、医療環境のあり方など健康管理をとくに重視した。食糧は自国の部隊ものと同一のものを給養し、労働に使役させる場合も健康な者に限って許され、不適当な労働、過度の労働、不健康又は危険な労働を禁止している。酒保を設置し、その利益は俘虜に帰すことも定めている。

ところが、ソ連の日本人捕虜収容所はどうであったのか。捕虜の死因の第一位は栄養失調症だった。食糧はソ連の部隊より比較にならないほど粗末であったため、慢性的な栄養不良状態に陥った。捕虜たちは極寒の自然条件のもとで強制労働にかり出された。栄養不良と過度な労働は万病のもとになった。

伝染病死や事故死も多かった。伝染病の多発は、収容所の不衛生と伝染病予防の医療体制が不備だったからである。収容所によっては全滅したところさえあった。

事故死が相当数にのぼったのは危険な労働にもかかわらず、安全措置のない労働を強いられたからである。労働に耐えられない病弱者・約四万七千人は、医療措置を講じられることなく朝鮮と満州に逆送された。

日本人捕虜は毎日のようにバタンバタンと亡くなり、丸太小屋に枕木のごとく積み重ねられていった。このなかには朝鮮・満州の逆送者は入っていない。

ソ連収容所の環境は俘虜の待遇に関する条約の定めた人道的処遇にほど遠いものであった。ソ連が一九二九年のジュネーブ条約に加入していなかったことは事実である。しかし、だからといって条約を無視し、ほしいままに捕虜を取り扱ってよいというう理屈は成り立たない。それどころか第二次世界大戦の終結期、捕虜に関する戦時国際法はさらに発展していたのである。

ポツダム宣言第九項は「完全に武装を解除せられたる後各自の家庭に復帰し平和的且生産的の生活を営む機会を得しめらるべし」と明示した。文字通り武装解除後、戦犯などを除き早期に各自の家庭に帰すと解すべきで、長期に抑留し強制労働に使役することなどまったく予定していなかった。ソ連は自ら承認したポツダム宣言をこの点で完全に蹂躙した。

ソ連の目的は自国の開発と建設に六〇万近い日本人を長期の労働で搾取し、その成果をただで獲得することにあった。

しかし、日本が捕虜をどのように取り扱ったか触れないとすれば甚だ不公平であろう。日本も一九二九年の俘虜の待遇に関する条約に加入せず、捕虜に関する戦時国際法を無視していた。この傾向は昭和に入っていっそう強まった。日本軍に相手国民や捕虜にたいする虐殺や虐待の多いのはここに起因している。

突撃と玉砕戦法の日本軍にあっては、捕虜となること自体が犯罪だった。一九三八年の張鼓峰国境紛争事件、一九三九年のノモンハン事件などを含め、日本人捕虜が相手国から送還されてきた場合、陸軍刑法などで軍法会議にかけ、少なからず銃殺刑や無期懲役・禁錮などの重罰に処した。捕虜の存在自体を認めなかったのである。

それを徹底させるため、一九四一年一月八日（昭和一六年）、陸軍大臣東條英機の名をもって戦陣訓を発布した。日本の戦争遂行者が将兵たちに強要したのは「生きて虜囚の辱めを受けず、死して罪禍の汚名を残すこと勿れ」だった。ソ連も捕虜を裏切り者ととらえ、ドイツから送還された大量の捕虜をシベリアなど各地の収容所や監獄に送り、強制労働に供した。

日ソ両国は一九二九年のジュネーブ条約に加入していなかったが、一九〇七年のハーグ条約の「陸戦ノ法規慣例ニ関スル規定」に加盟していた。本規定は捕虜の取扱いを定めたものである。不十分さを残していたとはいえ、両国ともこの規定に準拠していたなら第二次大戦前、中、後に起こった非人道的事態の発生はある程度防止しえたであろう。

なお第二次世界大戦後、一九二九年の俘虜の待遇に関する条約はさらに改訂された。それは本大戦においても、捕虜にたいする非人道的取り扱いが一向に収まらず、むしろ虐待性を増長させたからである。新しい条約は「捕虜の待遇に関する一九四九年八月十二日のジュネーブ条約」となり、日本も加入した。

三　牡丹江のその他の収容所と病院

発達溝収容所　牡丹江にあった関東第八病院、関東第五七病院、関東第七八病院、謝家溝収容所の所在跡は現地で捜しても分らなかった。

日本の敗戦から六六年、牡丹江市を含む中国・東北地方も一変している。黒竜江省でも建設ラッシュだ。いたるところで古い建物が取り壊され、巨大なビル、工場、各種の施設に生まれ変わり、または建設のさなかにある。地名も変わっている。近くに住んでいた古老にでも行き当たらない限り、日本の元収容所や病院などを発見することは困難であろう。

掖河病院、掖河収容所を訪ねたあと、私たちは八達溝収容所に向かった。そこは牡丹江市の中心街から西北へ車で二〇分ほどのところだった。一般住民の集落があり、赤レンガや古びた住宅がほとんどだった。

「この辺りが八達溝収容所のあったところです。いまは一般住民の民家になっています」

ガイドの温香玉が言った。

そこには横幅数メートルもある大きな看板が立てられていた。当地域の行政当局による住民への告知板だった。もちろん収容所の片鱗もなかった。

「この看板の背後一帯が収容所になっていたようです。どのくらいの規模だったかは年寄りにでも聞かない限りわかりません」

いつの日にか、すべて取り払われたのであろう。


拉古収容所　次に拉古収容所を尋ねることにした。収容所は牡丹江市街から西方にあり、車で三〇分ほどかかった。

市街地は牡丹江駅を中心に碁盤の目状に整然と区画され、大きな道路が縦横に走っている。発達溝収容所も同じだったが、幹線道路外の農村地に入ると未舗装で凸凹の道がドロドロにぬかっている。スピードなど出せない所も少なくない。

前後左右に揺られながら到着したところは小さな集落の一角だった。発達溝収容所跡と同様に古い建物がほとんどだ。小さな川に橋がかかり、その左右に日本人の収容所があったという。木立が正面にあった。

「木立の奥辺りに収容所が広がっていたそうです。発達溝収容所と同様、民家になったようです。拉古のいまの集落は発達溝収容所より少し小さく見えますが、当時はどうだったのでしょうかね？」

と温香玉は言った。もちろん収容所の跡形はなかった。

「それはどういう意味ですか？」

「拉古収容所のすぐ近くに駅があります。ソ連から日本人を移送し、収容するのに都合のよかった地点ではないかと思います。何といっても手間が省けますからね。掖河収容所も掖河駅の近くにありましたよね」

「なるほど」

満州逆送者約二万人中、八千五〇〇人が牡丹江に送られている。掖河病院、掖河収容所で約三千人死亡しているので半数以上は掖河に収容されたと思われる。牡丹江の主たる収容所は掖河、発達溝、拉古、謝家溝にある。温香玉が言うように、いまの集落規模からだけでは推測できないが、拉古にかなりの規模を持つ収容所があったのではないだろうか。

道路から集落や農地をうかがうと物音もない静かで風情である。いまは夏だ。日本と違って湿度も低く、温度も最高が二八度くらいだから、日本よりはるかにしのぎやすい。穏やかそのものだ。しかし、時期が過ぎれば掖河収容所の周辺の原野と同様、たちまち厳しい自然に戻るだろう。

拉古駅に回った。中国の機関車は貨車を多連結で牽引する。広い国土を持つ中国の主要な運搬手段は鉄道である。駅のホームは大きくて長い。見学中に列車が通過していった。早くはないが、長いので重量感がひときわである。

私は思った。拉古駅に逆送され、幸いにも生き延びた抑留者が、再びこの駅から懐かしい日本に向かったことだろう。北満の開拓団など、多数の日本人居留民が命からがら乗り継ぎ、通過していったのもこの駅に違いない。拉古駅もまた日本人にとって辛く、忘れ難い駅の一つとして書き留められることだろう。

陸軍病院　掖河病院は第二陸軍病院と呼ばれていた。しかし、牡丹江市街にこの病院とは別にもう一つの陸軍病院があった。牡丹江は関東軍の重要な戦略拠点だから、陸軍病院がいくつあっても不思議ではない。掖河の第二陸軍病院にたいし、名称はともかく「第一」と言うべき性格の伝統のある病院だったのだろう。掖河の第二病院の歴史もより古かったはずである。私たちは病院跡にたった。温香玉は言う。

「残念です」

「…………?」

「だいぶ取り壊されましたが、病院の一部が残っていると思っていたのですが………でも全部取り壊されたようです」

「いま工事しているところに当時の病院の一部があったのですか？」

「そうです。最近まであったのですが………」

工事中の隣に一〇階以上のビルがある。

「このビルも陸軍病院のあとです。いまここは牡丹江市でも有名な病院になっています」

「中国当局は、掖河の第二陸軍病院跡も精神病院として継続させていますが、ここもやはり病院になっていますね」

「事業の継続性を保っているようです」

「やはり私が来るのが遅かったですね。掖河病院や掖河収容所も去年、全部取り壊されていました。陸軍病院跡も最近の取り壊しのようですから。残念です」

そう言うと、温香玉と権軍が気の毒そうな顔を私に向けた。

中国当局は旧日本施設を接収後、施設の内容や性格に沿って計画的、合理的に運用したようだ。陸軍病院も第二陸軍病院＝掖河病院もそのまま病院として使われ、それらは現在も継続し、有名な病院として、中国の人々に親しまれている。

私の父が勤めていた遼寧省・遼陽市の満州紡績株式会社も接収後、遼陽紡績の名称で操業しているという。大会社であった満州鉄道をはじめ、そのまま継承・発展した事業所は数えきれないほどあることだろう。植民地支配を受けた国家の合理的な選択であり、智恵でもあった。

四　はるかなる地平線

パノラマ　牡丹江市はハルビン、チチハルに続く、人口約七〇万の黒竜江省第三の商工業都市である。省内の対外貿易の七五パーセントを担い、ロシア貿易では中国最大の位置を占める。松花江（ウスリー河）、黒竜江（アムール河）につながる牡丹江の港は内陸部にあっても国際河川港になっている。

謝家溝収容所といくつかの病院跡は不明だったが、掖河収容所など主な予定地を訪ねることができたので、牡丹江の訪問目的は十分に達成できた。

現地のガイド・温香玉らに別れを告げ、権軍の案内で北朝鮮と国境を接する図們に向かった。図們は吉林省にある一三万ほどの都市だ。

中国では外国人だけでなく、中国人も汽車に乗るときやホテルに泊まるとき、ＩＤカードを提示しなければならない。反政府活動防止の一環だという。私はパスポートを出した。一六時二六分、列車は定刻どおり発車した。多少の遅れを予想していたが、日本の鉄道のように正確だった。

広大な中国の主要な運搬手段は人でも物資でも鉄道である。大都市間を客車や貨物車を連結して走る長大な姿は壮観だ。列車は長距離だから、少人数用のベッド付の個室で区切られている。私たちは四人用に二人だけだった。図們まで五時間あまりの旅だ。

狭い日本では新幹線を利用するので同じ列車に五時間以上も乗ることはほとんどない。しかし、中国は五時間など長距離のうちに入らない。むしろ近距離と言えよう。数十時間乗り続けることも珍しくないという。

市街地を過ぎるとたちまち緑の大地や畑作地が目いっぱいに広がる。農業地域といっても集落や人の姿はほとんど見えない。ときおり羊や牛の群れが沿線際で草を食んでいる。のどかな風景が後方に去っていく。とうもろこし畑が延々と続き始めたので権軍に聞いてみた。

「とうもろこしは食料用ですか」

「食べる人もいますが、ここでは耕作目的が違います」

「あぁ、そうですか。つまり飼料に使うのですね？」

「それも一部ですね。とうもろこしは多目的用に栽培されていますが、中国の東北地方では最近用途に違いが出てきました」

一息ついてから権軍は続けた。

「とうもろこし畑は日本の旅行者からよく聞かれる質問です。日本人は想ってもいないようですが、実はバイオマスエタノール用にとうもろこしを栽培しているのです。これから中国ではとうもろこし栽培がどんどん増えていくと思いますよ」

「ヘェー、そうですか。驚きました。とうもろこしからエタノールを作っているのはアメリカのような資本主義国と思っていたのですが……」

「日本人はそう思っているようですね。中国も大量に石油を必要としています。石油だけでは足りないのですよ」

「世界的現象なのですね。中国でとうもろこしがエタノール用に栽培されれば穀物価格はまた上がりますね」

世界第二位になった経済大国・中国は巨大な資本導入によって世界の工場となる一方、アメリカのように農業の工業化も推し進めている。とうもろこしは代表例と言える。

汽車は速くない。時速数十キ程度だろう。その分、中国・東北の風物を満喫できる。私は物心ついたのち、生地の遼陽から汽車で旅した記憶がある。一面大平原だったことを覚えている。おそらくそれが地平線だったのだろう。大きく真っ赤な太陽が輝いていた。

黒竜江省の東部をひたすら走る列車の窓外はますます広がり、全貌はやがて地平線に変わった。畑地もあるようだが、むしろ原野に近い。座席の窓から前方の機関車を見やり、次第に最後尾に頭を回してみる。次いで、座席の反対側の通路に立って同様に目をぐるっと移動する。地球の丸いことがはっきり分かる。汽車は明らかに地平線を裂くように進行している。

海国・日本では沖に出なくても水平線を目にすることができる。日本ではありふれた光景だ。しかし、地平線はまったく違った感覚を日本人に与える。同様に、中国・東北の内陸部にいる権軍にとって地平線はありふれた景色である。反対に水平線は不思議な感動に支配されるという。こうした感覚や感動は時空を超えた無限性や永遠性に由来するように思われる。

窓外の緑の大地を追っていた私に権軍が語りかけてきた。

「東北は寒い所ですから農産地は華北や華南にあると考えていませんか?」

「えぇ、東北三省のうち黒竜江省と吉林省は中国最大の農業地帯です。かつて日本は開拓団を送り込みましたね」

「違うのですか」

「国内の口減らしや対ソ防衛線だけでなく、旧満州を日本の植民地的大農業地帯に位置づけたからですね」

「いま東北の農業は中国で最も重視されています。農産物の半分は東北地方が担っています」

「へェー、半分もですか？　工業もかなりの成長ぶりのようですが、黒竜江省や吉林省は主要な農業地帯でもあるわけですね」

果てしない、窓いっぱいのパノラマは次第に夕刻の彩りに変化しつつあった。幼い頃の満州の赤い太陽を思い出す。暮色が濃くなりはじめていた。雄大な自然が日本の狭い空間に慣れきった私の目線を捉えて離さない。汽車はひたすら豊穣な台地をかきわけながら車輪動を伝えてくる。それが空と地を分ける状景と完全に調和している。

一人っ子政策　心地よさそうに寝息をたてていた権軍がまた語りかけてきた。彼は日本の情勢に詳しかった。新聞記事に出てくる事件をよく知っている。インターネットで毎日検索しているという。

農業や食糧問題から話は別のレベルに移っていった。

「日本の高齢化人口の増大問題はどうですか？」

「最近の統計で六五歳以上が二三パーセント以上になりました。日本の場合、高齢化問題は少子化問題と一体の関係にあります。医療技術の進歩による長寿化という単純な問題ではありません」

「少子化の最大の問題は何ですか？」

「生活環境の悪化ですね。日本の働く人々の所得は二〇年前より落ち込んでいます。非正規雇用労働者が三五パーセントを越え、最大の社会問題になっています」

「非正規労働者問題は何とかならないのですか？」

「非正規労働者を中心に一六パーセントの人たちが貧困層になってしまいました。OECD（経済協力開発機構）でも最低の部類にランクされています」

「かつての日本からは想像できないのですが……」

「育児費や教育費、医療費なども高く、安心して子どもを生めないのです。それどころか二百万円以下の低所得の人たちは結婚することすら諦める傾向にあります。いまの日本の未婚率を知っていますか？」

「いいえ」

「男女とも三〇パーセントをはるかに越え、男はとくに高くなっています」

「へェー、それはまたすごいですね」

権軍は目を丸くして私の話を聞いていた。

「だから、高齢化問題は少子化問題であり、未婚率の増大問題でもあるのです。出生率は一・三人を切っていますからね。東京はとくに低いです」

「実は中国でも近い将来、高齢化問題が爆発的に発生すると思います」

「一人っ子政策のことですね」

「そうです。たぶん深刻な問題になると思います」

「一人っ子政策はいまも守られているのですか？」

「えぇ、基本的に守られています」

「基本的と言いますと？　例外もあるのですか？」

「夫婦ともに兄弟姉妹がない場合、二人まで認められています。一人しか認められないとすれば、夫婦とその親の四人が健在であれば、一人っ子は合計六人の世話をしなければならなくなります」

「なるほど、そうなったら大変なことになりますね」

「世界人口の五人に一人が中国人ですから無政府的に人口を増やすわけにもいきません。国家の政策として人口抑制をしなければならなかったのです」

「そこが日本との違いですね。日本は生活環境の悪化、経済環境の悪化、子育てしにくい環境が少子化現象を引き起こしたのです。三年ほど前から日本の人口は減りはじめました。人口の減少は経済活動の低下を呼び込みます」

「中国もやがて劇的な時期を迎えると思います。そうなれば中国の経済活動も同じような傾向が生ずるのではないかと思います」

「一人っ子政策のもとで中国の子どもたちはどうですか?」

「ご想像のとおりです。日本で言えば甘やかせですかね。送り迎えから、ご機嫌とりまでいろいろです。子どもは王様ですね。中国ではとにかく教育に費用をかけています。私もこの旅行から帰るときには子どもの喜びそうな土産を買わねばなりません」

権軍は声を出して笑った。

「どこも同じですね。日本もそうですよ。虐待が社会問題になっている反面、過保護という言葉がありふれた言い方になってしまいました」

そして、私も笑った。権軍もそれに応じるようにまた笑った。私と権軍の人間関係がグッと近づいたように見えた。

黄昏から暗色に変わっていた。窓から大原野はもう見えない。汽車は規則的な音と振動を発しながらひたすら走り続けていた。

食堂車から弁当が届いた。朝鮮風の辛味がある。吉林省東部は朝鮮族の多い地域でもある。権軍が缶ビールとコーリャン酒を頼んだ。中国は各地でビールを生産しているようだ。度数が日本に比べ低い。だから、アッサリ感がある。コーリャン酒は焼酎に似ている。匂いと味が強烈なため、私は少しだけしか飲めなかった。

少しばかりのアルコールも入り、話は弾んだ。四人用の個室に二人だけだ。気兼ねする必要もない。権軍はいまの中国を楽しそうに、またあるときは真剣な表情で語った。充実した時間だった。

列車はゆっくり図們駅構内に入った。牡丹江駅もそうだったが、図們駅のホームも広くて長い。中国の人口は日本の一〇倍以上もある。駅もホームも人々で溢れることがあるのだろう。だから、駅の構造は大きなものでなければならない。巨大なホームは橙色の薄暗い照明のなかにあった。

図們駅は父の足跡のある駅である。歩兵二四七連隊に応召したとき、父は南満・遼寧省の遼陽から新京、ハルビン経由で図們駅に下車したと思われる。そうしないとソ満朝国境にある琿春の連隊本部に到着できないからだ。

私はいまリュックを背負ってホームを歩いている。父もまた重い軍用リュックを担ぎながら同じホームを歩いていたのだろう。父の姿を彷彿させる。

中朝国境・図們江　図們の一夜が明けた。今日は相当の強行日程だ。父が武装解除を受け、捕虜となった琿春で数箇所の訪問・見学を予定している。琿春までの鉄道はない。図們から一〇〇キロ以上はあるだろう。自動車を飛ばすことになる。

図們、琿春の現地ガイド・路春頴がホテルに迎えにきた。二〇代前半の女性だ。こんなに若くて日本占領時代のことが分かるのだろうか？　ふっと懸念が走った。

図們は延辺朝鮮族自治州の東部にある。図們江（朝鮮名、豆満江）を挟んで対岸は北朝鮮だ。国境の町とした有名である。中国人もよく図們江沿いを観光で訪れるという。朝鮮族の自治州だけあって約三八パーセントが朝鮮族だという。中国はやはり多民族国家だ。

図們江はホテルのすぐ近くを滔々と流れていた。中国の大河はどこも水量豊富だ。中国の国境検問所と北朝鮮を結ぶ図們大橋がある。橋は五〇〇メートル以上あるだろう。国境は図們江の中心線で分けられている。中国側は検問所から一〇〇メートル程の位置に赤線を印し、それ以上北朝鮮側に踏み出すことを禁じている。私も路春頴の案内で赤線の手前に立った。中国人も見学に来ている。

検問所の上は望遠鏡もあり、北朝鮮を望める展望台になっていた。河沿いに白い建物がいくつか見える。人の姿や自動車は確認できない。止まっているような静寂さだ。北朝鮮のバンが一台、中国側の赤い線を越えていった。一日四台まで北朝鮮の車の通行が許されていると権軍は言う。国境の緊張感は十分感じとれる。

図們から琿春への道は図們江を沿うように延々と続く。両国とも低い山が図們江を挟んでいる。山影に入ったかと思うとすぐ河辺に戻ってくる。その度に対岸の北朝鮮の風景が間近に出現する。

国境をかすめながら自動車で旅するのは初めてだ。日本では決して経験できない。そう思うとセンチメタリズムが頭をもたげる。

――なぜこの河で国境が隔てられたのか。

――なぜ何千年もそれが続いたのか

――どのくらいの民族がこの河を行き交ったのか。

――どのくらいの国家が興亡を繰り返したのか。

図們江や北朝鮮側に目をやりながら、どこか心中にアンバランス観があった。なぜかわからなかった。ところが、狭い河幅のカーブにさしかかったときだった。はっと気がついたのである。それは北朝鮮側と中国側の景観の違いであった。

中国側の山や森、沿道の木々はこんもりと自然の植生のままだ。一方、北朝鮮側の樹木は短く刈り取られ、原野に近いようみえる。夏季の緑色で覆われているため気がつかなかったが、何よりも木そのものの数が少ないのだ。

権軍に聞いてみると経済活動と関係しているのではないかと言う。図們江を挟んで明らかな違いが山並みのなかに感じられる。人の姿もない。建物もときおり見える程度で中国側のような生活観が伝わってこない。国境を挟むと場景も変わるのか。私の得た中朝国境のひとコマだった。

琿春に近い図們江に日本軍が構築した「スワイワンズ橋」という名の堅固で大きな橋があった。橋幅も広く、長さも八〇〇メートル前後あるのではないだろうか。一見して戦車の通行も可能な軍事用の橋だ。中国側と北朝鮮側にトーチカ風の監視所跡があった。

北朝鮮側の橋梁は一〇〇メートル近く、完全に破壊されていた。朝鮮駐留の日本軍がソ連の進攻を防ぐため落としたのであろうか。六六年前の戦争の残滓がそのままリアルな姿で残っていた。破壊された橋端から目を上げると北朝鮮の小さな女の子がじっと私たちを見ていた。軍用トラックが一台横切って行った。二時間近くの走行で初めて見た人と自動車だった。

五　日ソ両軍会戦の地

主陣地・小盤嶺、武装解除地・蜜江峠　北朝鮮を眺めながらの図們江にようやく別れを告げ、父の属した歩兵二四七連隊がソ連軍を迎え撃った琿春後背地の小盤嶺と、武装解除された蜜江峠に向かった。琿春とその周辺の探訪は二日間の予定だ。とにかく広い国である。急がなければならない。ガイドも運転手も同じことを考えている。

運転手は完全舗装の道路に出ると一段とスピードを上げた。自動車はいたって少ない。ガイドのスタッフはときどき停車して地図を見つめる。首をかしげながらの相談だ。一帯は低い山が続いている。しかし、小盤嶺が特定できない。次第に焦りが出る。

近代的なトンネルを通過したあと、少し走ると工事関係の人たちがいた。幸いなことにそこに小盤嶺隧道と書いた小さな測量用の看板があった。彼らに小盤嶺と密江峠の位置を尋ねると、近くに村があり、そこで聞くのがよいと教えてくれた。

村人を探しあてた権軍と運転手が笑顔で戻ってきた。

「このあたり一帯が小盤嶺と蜜江峠のようです」

「ソ連軍と交戦したのが小盤嶺で、武装解除されたところが、密江峠ではないのですか？」

「地理的には、さっき通ったトンネルを挟んだ山の周辺を言うようです。トンネルの南側に密江屯という村があるそうです。それから密江とは川の名前だそうです。近くに密江が流れているのでしょう」

「そうですか。屯とは中国の村のことですよね」

「そうです。それから中国では〈峠〉という言葉は使いません。この辺りは朝鮮族も多いそうです。朝鮮語では峠という文字を使うのではないかと思います。中国語では〈峠〉は使いません。同じ意味で〈嶺〉という字を使います」

「そうすると中国では密江〈峠〉とは言わないのですね。分かりました」

「小盤嶺は私たちの地図にもあります。日本軍は小盤嶺を中国名で使い、小盤〈峠〉とはしなかったみたいですね。〈峠〉も〈嶺〉も同じ意味で理解したほうがいいと思います」

村人の話で小盤嶺も密江峠も同じ地域にあることがわかった。近くに密江が流れ、密江屯もあるので、同所異名になったと理解したほうがよさそうである。私たちは再びもと来た道路に戻り、さっき通ったトンネル方向に引き返した。

すると、トンネルの南口の上に横型の大きな石版の標識があり、左に朝鮮語、右に中国語で「密江嶺」と書いてあるではないか。来るときは通り抜けたため、背後の標識に気がつかなかったのだ。権軍のいうとおり、〈峠〉ではなく〈嶺〉と書かれている。

反対側の北のトンネル口に出てみた。トンネルの長さは数百メートルだろう。一キロはない。道路の左右を低い山並みが琿春の方向に向かって連なっている。緩やかな丘陵と言った方がいいかもしれない。トンネル上の山の北側が小盤嶺、南の密江屯側を密江嶺〈峠〉と呼ぶとすれば、一連の山並みであることも分かる。村人の言うように、小盤嶺と密江嶺〈峠〉は同じ所をさすのであろう。

いまでこそ完全舗装の立派な道路になっているが、この道は昔からあった道路であると運転手は言う。日ソ開戦当時、ソ連軍が琿春側から一気に進攻するうえで、ほとんど唯一の道路だったと思われる。それを見越して歩兵二四七連隊の司令部は小盤嶺に主陣地を構えたのだろう。

父や瀬川久男ら満州の現地応召者は入隊と同時に小盤嶺に送り込まれた。対戦車溝や塹壕、タコ壺などの構築だった。入隊から三ヵ月間、来る日も来る日も軍事訓練なしの重労働の連続だった。四〇歳の老兵にはとくにこたえた。

トンネル上の山と、左右のなだらかな丘陵状の山並みを繰り返し見てみる。陣地から道路をV字方に見下ろす形になる。道路に沿ってソ連の戦車や歩兵がやってくる。上の日本軍陣地から挟み込むように一斉攻撃を加える陣形となる。敵を迎え撃つには好都合だ。小盤嶺の主陣地は戦略的・地形的にまことに理想的なように見える。

しかし、それは同等以上の戦力があってこそ初めて可能となる。二四七連隊にはわずかな連隊砲と機関銃しかなかった。巨大な火力を持つソ連の戦車群の敵ではなかった。たちまち反撃・蹂躙された。

感慨深く小盤嶺や蜜江峠を見上げている私に権軍が語りかけてきた。

「この一帯は戦闘に都合がよいと思われた所だったのでしょうね。地形的に、グルッと見ただけで素人にもよくわかります」

「私もそう思います」

「さっきの村の人の話しによりますと、いまでも日本軍の地雷が出てくるそうです」

「そうですか」

トンネルの周辺は山というより、小高い丘陵の連なりだ。全体が鮮やかな緑に覆われている。風もなく、音もなく、自然がすべてを支配している。しかし、台地を一皮むけばたちまち戦禍の傷跡が現れる。地雷や武器弾薬などが顔を出すのだ。それは長い間けっして消えさるものではない。

「村の年寄りはいまでもそのときの恐ろしさをしっかり記憶しているようです」

「戦場になり、逃げた所まで激しい砲声が聞こえたことでしょうね。村の人たちの恐怖心や憎しみは消えませんね」

「中国人にとって忘れられないことです」

確認するように権軍がつぶやいた。

圧倒的に優勢なソ連軍　昭和二〇年八月九日未明、ソ連軍はソ満国境の東西全域で進攻を開始した。戦史叢書『関東軍⑵ 関特演・終戦時の対ソ戦』によれば、モスクワの最高統帥計画は七月二七日に最終的に完整し、第一線ソ連軍部隊は八月一日、同外蒙部隊は八月三日、作戦態勢についていた。

ソ連最高指導部はドイツの無条件降伏から三ヵ月の間に、西部戦線の戦力の多くを極東の東部戦線に振り向けた。東部ソ連軍の対日攻勢の基本は六月初めに確立され、攻勢は八月一日〜五日になると見通していた。またソ連の高性能の戦車、ロケット砲、自動小銃などの近代兵器にたいし、日本軍の恐怖感が強いこと、人馬数が多いだけで火力装備にかけ、機動力に乏しく、かつ指揮運用上鈍重である、などと分析していた。

対関東軍作戦で一部の国境陣地を除けば、強力な抵抗を受けた事例はそれほど多くなかった。ソ連軍は攻撃・接触して実体を見抜くと、抵抗を続ける個々の国境拠点に所要の兵力をあてがいつつ、他は前方に進出して日本軍の第二戦線陣地を遭遇戦方式で突破し、成功に導いていったという。実力の違いが大きいため、戦わずに逃げ出した部隊も多かった。

開戦時、ソ連軍の兵力の概要は以下のとおりであった。

一般地上軍
　狙撃軍団
　　狙撃師団七〇、狙撃旅団四
　戦車軍団一、機械化軍団三
　　機械化狙撃師団二、戦車師団二、騎兵師団六、戦車機械化旅団四〇
　航空軍三
以上総計
　人員一五七万七千七二五人　火砲・迫撃砲二万六千一三七門　戦車・自走砲五千五五六

両、飛行機三千四四六機
海上・江上部隊
以上総計
海上艦艇四二七隻　飛行機一千五四九機　江上艦艇八二隻

これにたいし、日本軍は兵歴のない第二国民兵や満州現地召集の三〇代、四〇代の老兵が多く、二四師団、七五万人を数えたが、戦力は八師団程度にしか評価できず、人員だけ集めたに過ぎなかった。しかも、現地応召兵はほとんど軍事訓練も受けていなかった。武器弾薬は限られ、木銃や手榴弾しか持たせられなかった部隊もあった。

火砲、戦車、自動小銃、機動力、飛行機、人員等、いずれにおいても比較にならない格段の相違があったと言えよう。

関東軍はソ満国境を大きく東西に分け、作戦計画を立てていた。西部方面を担ったのは第三方面軍である。その麾下に第四軍、第三〇軍、第四四軍などがあった。

一方、牡丹江や琿春などの東部方面を作戦地域としたのは第一方面軍である。このなかに第三軍や第五軍などがあり、一一二師団は第三軍に属した。二四七連隊は一一二師団の麾下にあった。

長たらしいが、父や瀬川久男は関東軍、第一方面軍、第三軍、一一二師団、二四七連隊、第三大隊、第八中隊という指揮系統のなかにあった。彼らは最下級の二等兵である。日本軍のヒエラルヒーからすれば、砂粒のような存在と言えよう。

前記叢書は戦闘状況を詳しく述べているわけではない。そのなかから第三軍の戦闘結果を述べておきたい。

一二七師団

損耗は五家子陣地における死傷者約三〇名及び全師団の行方不明者約五〇〇名、五家子、水流峯以外戦闘なし。

七九師団

交戦した部隊は二九一連隊第一大隊基幹部隊で死傷一四〇名。

機動第一旅団

春化、老黒山などで部分的に激戦。

独立歩兵七八六大隊

玉砕

同二八四連隊

八月下旬まで抵抗継続。

一二八師団主力

羅子溝で優秀なソ連軍と交戦、二八四連隊はとくに大打撃を蒙る。

一一二師団

主力が密江屯付近で交戦したが、損耗大であった。細部は不明。以上は戦闘状況の一部に過ぎないと思われる。二点言及しておきたい。一つは独立歩兵二八三大隊のように八月下旬まで戦った部隊があったことである。停戦命令は一七日の夕刻頃発せられた。それから一〇日ほど戦ったことになる。停戦命令が届かなかったのか、それとも指揮官が停戦命令に従わなかったのか、どちらかであろう。

もう一つは二四七連隊の一一二師団のことである。損耗は大きかったが細部は不明とされている。ソ満国境東部正面作戦において、第一方面軍中一一二師団はとりわけ激しい戦闘、もしくは攻撃を受けた部隊と思われる。

同師団は開戦時、琿春、小盤嶺、密江峠、密江屯中崗子、十里坪、密江屯、延吉、図們などソ・満・朝国境の最前線に展開していた。ソ連軍との激しい戦闘になったのは、けだし当然であろう。

六　二四七連隊の戦い

未訓練と兵器の不足

「琿春二五会」が編集した『歩兵第二四七連隊概史』という冊子がある。琿春二五会は満州の幹部候補生の教育隊に、二四七連隊から派遣された下士官を中心に作られた会である。冊子に二四七連隊の旗手であった第五中隊長や、第四中隊長、挺進大隊第二中隊長らが寄稿している。それらも参考にしながら二四七連隊の戦闘に触れてみたい。

一一二師団は二四六連隊、二四七連隊、二四八連隊、挺進大隊、野砲兵一一二連隊、工兵隊、通信隊からなっていた。しかし、総合戦力は在来中堅師団の三五パーセント程度の実力しかなかったという。

連隊は通常、九中隊で編成される。一中隊～三中隊が第一大隊、四中隊～六中隊が第二大隊、七中隊～九中隊が第三大隊となる。中隊のもとに小隊や分隊が編成される。

二四七連隊は、父や瀬川久男が応召した昭和二〇年五月の未教育補充兵が五〇パーセントを占めていた。主力は小盤嶺に移り、天幕生活で陣地構築に従事していた。将校は兵の氏名の掌握すら十分でなかった。

第四中隊長は左記のように述べている。

「琿春地帯は岩山で、タコ壺陣地を掘るのも苦労が多かった。猛暑のなかで上半身裸になり、黙々とタコ壺を掘る兵に涙した」

父や瀬川ら満州現地応召の老兵をさすのであろう。

兵の訓練は十分に行われず、ソ連進入時、手榴弾の訓練すら行われていなかった。琿春にある兵舎の弾薬庫からの武器弾薬の搬出はソ連の戦車に阻まれたため、小銃一にたいし、銃弾五発しか配られなかったという。

以上の状況下でソ連軍の怒涛の進撃が始まった。数箇所の国境陣地で激しく抵抗したが、ソ連軍は全方面で国境を越え、要塞を突破した。いくつかの戦闘に限って触れることにする。国境・馬滴嶺の五四五高地上の地下壕は手榴弾、ガス弾を投入され全滅した。続いて麓の主力兵舎が攻撃され多数の戦死または不明者を出した。

二四七連隊は南から北に向かって第一大隊、第二大隊、第三大隊を並列した。正面は一三キロに及んだという。これにたいし、ソ連軍はT-三四戦車を中心に猛烈な速度で満州領深く進攻し、本格的な戦闘を挑んだ。しかし、日本軍は機甲部隊を阻止すべき火砲、戦車、飛行機はなく、寥々とした野山砲で応射する程度であり、交戦半日足らずの集中砲火で戦闘力を失うに至った。

南翼の第一大隊基幹はソ連軍の集中攻撃を受けた。第三大隊九中隊主力は腹背に攻撃を受け、手榴弾戦となり死傷者続出、中隊長は残存者を指揮してソ連軍に突撃、三名を除き中隊長以下全員玉砕した。

第一大隊は戦車の援護のもとに進入した敵にたいし、夜襲切込みを敢行した。しかし、同大隊は引き続き猛攻を受け、兵力を増したソ連軍に包囲され死傷者が続出、砲も破壊され、ようやく陣地を脱出した。

第三大隊は八月一七日午前八時頃、陣前の警戒部隊が突破され、父や瀬川らの八中隊を攻撃してきた。ソ連軍は兵力をますます増加させた。九中隊は全員戦死した。第三機関銃中隊は中隊長以下数十名が戦死した。

第四中隊長は、二四七連隊の半数以上が戦死したと記している。同連隊がいかに激しい攻撃に晒されたかを示すものであろう。

一方、こうした敗残下にもかかわらず、第二大隊のようにさしたる戦闘のないまま停戦を迎えた部隊もあった。

急造爆弾＝骨瓶

ソ連の戦車が通る道路などの両脇にタコ壺が掘られた。タコ壺は、兵が爆弾を抱えて敵の戦車に突っ込むためのものでもある。兵士たちは司令部や上官の命令で、このタコ壺に潜らされた。機関銃隊でも小銃隊でも同じだった。

彼らは「骨瓶＝コツガメ」と名付けられた急造爆弾と、三日分の食糧を持たされタコ壺に放り込まれた。コツガメは三〇センチほどの大きさで、なかに爆薬が詰めてある。戦車が直前に現れるまでじっと堪え、キャタピラに向かって死なばもろとも爆弾を抱えて体当たりするのだ。コツガメとはよく言ったものである。形も骨瓶に似ているが、突撃すれば自分も骨瓶入りすることになる。

タコ壺にひそまされた兵たちは、恐怖のあまり身体が硬直した。くいしばった歯で頬は固まり、目は吊り上がった。三日分の食糧とは、最大、生命が三日であることを宣告されたと同じだ。

日本軍伝統のタコ壺からの攻撃はほとんど成功しなかった。多くの兵たちは敵に事前に発見されたか、身を乗り出したところ、よくても体当たりの途中で激しい銃火を浴びた。タコ壺やその周辺には、のけぞったまま虚空をつかんでいる者、顔形のない者、キャタピラに蹂躙された者等々、屍が累々と散乱していた。それはこの世のものでなかった。

兵士たちは突撃隊にも駆り立てられた。爆薬や手榴弾を身体に結びつけ、移動地雷原となって戦車やソ連軍に突進するのだ。しかし、そうした攻撃は装備に欠ける部隊の弱点を暴露し、実力を探知され、ソ連軍の圧倒的な進出を許しただけだったという。

二四七連隊の兵士たちの証言　銃は兵士全員に行き渡るほどなかった。新兵の現地応召者たちの多くは、手榴弾を二個持たせられただけだった。ほとんど手ぶらと言ってよい。私と面談した二四七連隊の元兵士・清田春夫は「手ぶら」と言っている。

私は父の戦友捜しで広島へかなりの手紙を出した。それにたいする返答で、連隊の元兵士の窪田は二〇歳の現役兵でありながら、持たされた武器は銃剣術用の木銃と手榴弾三個だったという。彼は一九歳の繰り上げ召集で、新兵を指揮する立場にあった。現役だから優先的に銃が与えられたはずである。しかし、木銃しか持つことできなかったのだ。同じく同連隊の広島の山岡は父と同じ五月に現地召集され、歩兵砲中隊に配属された。ところが、その中隊に砲がなかったという。

輜重隊にいた清田は言う。

「約七里くらいの奥の、山の陣地へ食糧などを輸送しました。弾薬は輸送しなかったんです。すでに弾薬がなかったんです」

弾薬を運ぶ任務の輜重隊に、運ぶべき弾薬はなかったのである。

ソ連軍の国境突破で非常呼集された二四七連隊の兵士たちは小盤嶺の主陣地に隊伍を張った。圧倒的に優勢な火力を持つソ連が攻撃してくれば、兵士たちは身を隠すより他になかった。腰の手榴弾の二〜三個は最後の突撃や、いざという時のために大事にとっておかなければならない。

切り込みも果敢に行われた。銃剣や日本刀をひっさげて敵陣に切り込むのだ。これは夜間行う。ソ連軍が各所に設けた陣地に密かに匍匐前進し、敵が銃器使用にいたる前に不意打ちする戦法だ。いわば肉弾戦である。

しかし、切り込み隊も対戦車突撃と同様、ほとんど失敗した。ソ連軍は機関銃や自動小銃で武装されていた。飛距離は落ちるが、五発しか装填できない九九式、八八式の日本の銃とくらべ、弾数や操作速度は優に勝っている。

切り込み命令を受けた兵たちは恐怖にすくみながら、決死の覚悟で敵陣に突っ込み、あるいは手榴弾を放り込んだ。指令部や上官たちは、ソ連兵は夜目が効かない、青い眼の人間は鳥目だと言って兵を突撃させた。勇敢に切り込んだ兵たちの多くは敵弾になぎ倒された。

数は少ないが、切り込みに成功する者もあった。敵の反撃で、手がぶらぶらになった者、足をやられ、引きずりながら帰って来た者、まともな者は一人もいなかった。しかし、彼らは自動小銃などを携えて友軍の陣地に帰ってきた。そうすることで切り込みや突撃の証としたのだ。

私と対談した機関銃隊の大池恭平のような若い下士官や古参兵たちは破れかぶれであった。敵が「ガサガサやってくるや」で、機関銃では到底太刀打ちできず、「ぶち負けちゃった」のである。機関銃隊は八丁の機関銃を保持していたが、七五人中五二人がソ連の戦車攻撃などで殺された。戦死率、約七〇%である。いかに完膚なきまでに叩き潰されたかを示している。

機関銃隊は二四七連隊のなかで、武器弾薬が比較的あった方だという。破れかぶれの大池ら若い下士官、古兵たちも必死の反撃を試みた。機関銃隊に多数の戦死者が出たのもそのためであろう。

機関銃隊は、ソ連軍の猛烈な攻撃目標の対象になった。激しい攻撃の前に兵たちは次々に斃れていった。そのため、弾薬は馬を三頭も四頭も手綱と尾を結び、数珠つなぎで一人の兵が運ばなければならなかった。指揮官たちは機関銃の台座を維持しながら兵たちを切り込みに行かせた。だから、兵の損失は増すばかりだ。結局、大池の陣地は四人になってしまったという。

手紙を寄せてくれた広島の二四七連隊の元兵士・山内は次のように記している。

「師団指令部に移ってまもなく、終戦二日前であったと思います。師団指令部より西崎部隊にたいして『今夕八時を期して進入せるソ連軍戦車を邀撃せよ』という命令を直接耳にいたしました。またソ連抑留中に原隊での同年兵から当時の模様を聞きましたが、突入した部隊はソ連戦車群に蹂躙され、終戦を知った頃には無残な姿の連隊長のもとには六名の部下しかいなかった、とのことでありました」

連隊長のもとに六名しかいなかったということは、二四七連隊はほとんど指揮命令系統を失い、壊滅的な敗北を喫していたこと示すものである。

停戦　ソ満国境の悲惨な戦闘は約一週間続いた。タコ壺のなかや切り込みに向かわせられた兵士たちに去来するものは何であったのか。二等兵の清田は兵士の心中と戦意を率直に証言した。

「実際問題として戦意はなかったね。全般が。兵隊の経験のない人ばかりの集まりだから。各自に銃を持たせてやるならばともかく。向こうから撃ってくるけど、こっちは何もないのだから、撃ってくれれば逃げるしかない」

兵たちは山間を逃げまどい、後方に退却するしかなかった。主力は小盤嶺の南側に後退した。密江屯側である。山影や樹木に身を潜めながら、再び待ち伏せ攻撃の陣形をとった。ソ連軍が進攻してきたとき「総突撃せよ」の命令が司令部より下っていた。山をいっせいに駆け降り、戦車やソ連兵に最後の体当たり攻撃を加えるのだ。

敵戦車に夜襲をかけるため、兵たちは山の雑木林のなかに手榴弾を持って潜んでいた。眼下にソ連の巨大な戦車が不気味な砲口を向けている。兵たちはわずかのあと、わが身が粉みじんになることをひしひし感じながら突撃命令を待ち受けていた。喉がカラカラになる緊張の一瞬だった。

固唾をのんでその瞬間を待っていた昭和二〇年八月一七日の夕刻のことだった。思いもよらぬ情報がささやくように兵たちに伝わりはじめた。

「停戦」「……」「停戦」「……」「停戦」「……」「停戦」「……」「停戦」「……」「停戦」「……」。それは囁きから、やがて押し寄せてくる波のように伝わってきた。しばらくのあと、「停戦」を喜ぶ声が兵たちに広がった。

私が対談した二四七連隊の元兵士、清田の話である。日本がポツダム宣言を受託し、無条件降伏したのだ。

山の窪地に身を伏せていた父と瀬川久男が目を合わせた。

「おい、聞いたか」

父が瀬川に小声で尋ねた。

「うん、聞こえた。停戦……停戦……と聞こえた」

「俺も聞いた。停戦の囁きだ。どういう意味だ？」

「わからない。下にはソ連の戦車がいる。しかし、何となく変だ」

父がまた尋ねる。

「停戦というのはお互いに撃たないということだろう？　戦争していてそんなことがあるのか？」

「いや、わからない」

しばらくのち、連隊司令部から正式な命令が伝えられた。
《ソ連軍と停戦協定成立》
《戦闘行動を禁ず》
《命令あるまで現地待機せよ》
父と瀬川が手を取り合った。二人は期せずして声を発した。
「戦争は終わったのかもしれない！」
「俺たちは帰れるかもしれないぞ！」
どこからともなく喜びの声が密江峠を包みはじめた。その喜びは時間の経過とともに大きくなった。
二四七連隊司令部の伝達も、現地ソ連軍の命令も早かった。早くも八月一七日〜一八日、密江峠で武装解除が始まった。下士官・兵たちは山を降り、道端に銃や武器を置いた。そこは密江嶺と石版に書かれたトンネルの南側近辺であったと思われる。
なお停戦措置終了後、一一二師団長、同参謀長、同兵器部長、同工兵隊長らが敗北の責任を取り、自決した。この種の自決は第二世界大戦の各所で見られた。

第四章　終焉の地

一　ソ満国境の山野を行く

スターリンの極秘命令　ソ連軍の武装解除、捕虜収容までの行動は間髪をおかない速さだった。昭和二〇年八月一七日、一八日に琿春と蜜江峠で二四七連隊を武装解除したあと、その日のうちに琿春飛行場に収容した。小盤嶺・蜜江峠から同飛行場まで二〇〜三〇キロはあるだろう。炎天下の徒歩行進だった。

私たち一行も琿春飛行場跡に行ってみた。飛行場といってもいまはない。関東軍が対ソ作戦の軍事目的だけで造ったものだった。広大な水田地帯に痕跡が残っている、と現地ガイドの路春頴が言う。田園道を、埃を上げながら探し回ったが見つからない。遠くに見える農家まで行き、ようやく聞き出すことができた。

そこは琿春郊外の水田地帯のど真ん中だった。稲田の緑がはるか彼方まで続き、その先は煙るように霞んで見える。見事な田園風景だ。ここも地平線がぐるりと広がる。

路春顯と運転手によれば、飛行場は日本敗北後すべて田圃に作り変えられたという。三千平方メートルほどの赤土に土木建設用のミキサーと作業機械が置いてあり、地面にコンクリートが露出していた。それが飛行場の痕跡だった。

周辺の状景から、かなり大きな規模の軍用飛行場であったことが想像される。なぜか脳裏に〈夏草や兵どもが夢の跡〉(芭蕉) の句が浮かんだ。

父や戦友・瀬川久男ら歩兵二四七連隊の兵士たちは武装解除を受け、その日に琿春飛行場に収容された。密江峠から相当の距離があるが、いつ死んでもおかしくない戦闘から解放された現地応召の新兵たちは希望のある表情を浮かべながら、飛行場に向かって歩いていた。二四七連隊の略歴は琿春飛行場に約一〇日間、部隊が留置されたことを記している。夏季とはいえ、野天の地面やコンクリート上で寝起きをしていたと思われる。父も瀬川も汗と脂と泥にまみれて寝そべっていたに違いない。そう思ったとき、涙を抑えることができなかった。女性の路春顯はそれを見逃さなかった。

元兵士たちの証言よれば、早くも琿春飛行場で体調異変を起こす者が出はじめた。その後の衛生環境の極端な悪化と給養の不足を暗示するものであった。

ソ連軍は八月下旬、日本人捕虜をシベリアへ送る準備のための移送を開始した。一定数単位の作業大隊を編成するためである。移送先は金蒼収容所だった。繰り返し述べてきたように、このとき捕虜を使役に供するスターリンの極秘命令はすでに発せられていた。捕虜の運命はもう決まっていたのである。関東軍のトップ・レベルを除けば、このことを知る者はいなかった。

金蒼収容所　琿春飛行場跡から私たちは金蒼収容所に向かった。いまでは近道があるようだが、工事中のため山中の細いデコボコの道をかき分けるように進んだ。まわりは鬱蒼とした低木の森林である。そのなかを曲がりくねった黄色い道が延々と続く。自動車の後ろは車輪で土煙が舞い上がっている。対向車もほとんどない。そのような状況が二時間以上も続いている。疲れる。

二四七連隊の捕虜は同じ道か、似たような山野を歩かされたに違いない。歩けば二日以上かかるだろう。真夏の太陽が照りつけ、むき出しの赤土の埃がもうもうと立ち上がるなかを真っ黒になりながら行軍する姿が見えるようだ。

人っ子一人いない山道から突如立派な舗装道路に出た。中国は建物でも道路でも、新しいものと古いものが同居している。両極端があって興味深い。

私たちは車で行きつ戻りつしながら、人の姿を探して金蒼の位置を確かめることにした。たいへんな田舎であることがよく分かる。しばらく行くと金蒼と書かれた道路標識があった。

私たちは手を打って喜んだ。

　金蒼収容所と言っても設えられた建物や施設が存在するわけではない。周囲を低い山が取り囲み、盆地風に見える広大な土地の一角である。いまでこそ畑地もあるが当時は原野だった思われる。風もない快晴の夏、緑が大地の一面を覆っている。平和な野天に日本人捕虜がひしめいていたことなど、とても想像できない。

　金蒼収容所は歩兵二四七連隊が属する一一二師団のほか、七九、一二八の各師団と独立混成一三二旅団、機動第一旅団、補給監部などの捕虜が移送・収容された。ソ連は収容総数約一万四千人を一四の作業大隊に編成した。既述のとおり、一作業大隊約一千人である。昭和二〇年八月二三日のスターリンの極秘命令に従い、大量の捕虜を満州の各地に集め、手際よくシベリアなどに送り込むためだった。

　一万四千人の捕虜を管理するためには広大な土地が必要である。しかも、逃亡しにくく、かつ監視しやすい所でなければならない。建物や施設に収容すれば監視上の死角も生ずる。反乱や暴動が起きないとも限らない。ソ連軍の主たる任務は一刻も早く満州全域を制圧することにある。捕虜の管理・監視部隊は最小限の人数で効率性の高いことが要求される。それゆえ、日本人捕虜収容所はどこでもほとんど無人の原野や野天の土地であった。

　私たちが見ても金蒼はソ連軍にとってまことに好ましい天然の収容所だ。周囲は山で囲まれている。盆地型の地形だ。管理部隊はいくつかの櫓上から監視していればよかった。何か不審な動きがあれば銃撃すればいい。

それだけではない。一万四千人もいれば大量の水を必要とする。金蒼収容所の大地には川が流れ、いたる所に池や水溜りがあった。捕虜が自前で補給すればいいのだ。ソ連軍が手を煩わすこともない。

もっとも、夜陰に紛れて逃亡する捕虜もいたと元二四七連隊の兵士たちは証言する。満州に土地勘があった人たちだろう。ソ連の兵士も周辺の畑から作物を盗んだり、不穏を感じたりしたとき容赦なく銃撃してきたという。

私は畑を見ながら、幼い頃聞いた母の話を思い出していた。戦友から伝え聞いた「大根がこんなにうまいとは思わなかった」という父の言葉である。この戦友こそ瀬川久男であったことはいまや明白となった。私は牡丹江で赤大根を食べた。赤太根は夏の作物だ。この時期、人々は赤大根を好んで食べるという。いまの言葉で言えば、とてもジューシーだ。私もひとしきり食べた。

父が感心して「うまい」と言って食べたとすれば、八月下旬から九月中旬頃までいた金蒼収容所が考えられる。配給された大根だったのか、それとも誰かが盗んできたものを分けてもらったのか。金蒼の出来事のように思えてならない。

私は想像を逞しくするにつれ、金蒼収容所の周囲、原野、河、池などをくまなく眺めた。眩しい太陽に目を閉じると、瞼は強い光線のため白色になる。そのなかを一万四千人の真っ黒な顔をした捕虜たちがしきりに蠢いていた。

金蒼の道路脇に短柵状の白い板木で囲まれた一角があった。片隅に陸軍大佐・竹中経雄の銘入りの金蒼神社と刻した石碑などが四つあった。一九四二年当時、駐屯していた日本軍部隊が近くに建立した神社跡にあった碑を、地元の人たちが移したものと思われる。関東軍も水の豊富な小高い山で囲まれた金蒼に着目し、部隊を駐屯させたのだろう。

ところが、そればかりではなかった。この地で日本軍が軍事作戦を行っていたのだ。同じ柵内に革命烈士記念碑と刻された一〇メートル近い高い塔があった。その脇に、二〇〇九年八月一五日の日付で革命烈士の塔や金蒼神社の由来を朝鮮語と中国語で刻んだ碑が二つあった。

権軍の解説によれば、金蒼も朝鮮族が多く、この地の人々は日本の統治時代に東北連合軍の一翼を担い、日本軍に抵抗したという。東北連合軍は共産党軍でも、蒋介石軍でもなかった。神出奇没の東北連合軍に業を煮やした日本軍は、金蒼にある朝鮮人の多い部落を焼き払い、八〇名以上も殺した。塔や碑は備忘のために造ったものだった。

権軍の話に私は俯いた。父や瀬川の収容された金蒼は日本人だけの悲劇の地ではなかった。

自分たちの土地にもかかわらず、植民地的な支配と侮蔑を受けたばかりか、肉親が焼き殺された悲惨な歴史を持っていたのだ。

金蒼収容所跡の原野畑からしばらく行くと小さな集落があった。驚いたことに食堂があった。地域の人たちの社交の場でもあるらしい。食事に地のものを頼んだら、金蒼で獲れた川魚を味噌風の調味料で煮たものを出してくれた。珍しさも手伝い、骨を抜きながら頬張った。私は外国旅行に行くと、できるだけ日本で目にしない食物を求めることにしている。

浅はかさと悔恨　食事が一段落したところで権軍に相談を持ちかけた。

「地元の年寄りが何人か店にいるようですが、ちょっと訊ねることはできますかね？」

「どんなことでしょう？」

「ここは金蒼収容所の近くですから、一万四千人もいた日本人捕虜のことを覚えている人たちも多いと思います」

「年をとっている人ならみな知っているでしょうね」

私は一息ついでから言った。

「そこで、その頃のことを知っている土地の人と話すことができませんかね？」

「つまり当時の捕虜やソ連軍の様子についてですか？」

「そうです」

「…………」

権軍は無言だった。

「短時間でいいのですが…………」

「…………」

やはり権軍は返事をしなかった。困惑と躊躇いの表情が浮かんでいた。それを見て私はハッとした。金蒼の人たちの心情を無視した発想の無責任さに気づいたからである。頭から足先にズンと電気が走った。

――いったい金蒼収容所跡で何を見てきたのだ？

――自分の父親や、戦友の瀬川や、二四七連隊の兵士や、一万四千人の日本人捕虜だけを見てきたのか？

――日本軍と闘った東北連合軍の革命烈士の記念碑を見なかったのか？

――八〇人以上の金蒼の村人が日本軍に焼き殺された備忘の碑を見なかったのか？

――その惨景をこの食堂にいる村人が見ていなかったとでも言うのか？

――このなかに子孫や親類・縁者がいないとでも言うのか？

――不幸な日本人捕虜の話だけを聞こうと言うのか？

――金蒼の村人は焼き殺された悲惨な被害者であって、日本軍が加害者であったことを忘れたとでも言うのか？

私は激しい悔恨の渦で飽和し、爆発しそうだった。恥ずかしさで顔は朱色になった。権軍は中国人だ。金蒼の人々が何を考えているか百も承知である。彼は私の浅はかさに無言で答えたのだ。それは彼の私にたいする思いやりだった。

日本の敗戦から六六年後の厳しい対日感情を知った瞬間だった。

「すみません、勝手なお願いをして。恥じています」

「…………」

権軍は私の心中を見抜いていた。ニコッと笑って手を出した。私も応じた。

反日感情　琿春近郊の開拓団跡を見学することにした。ここに大規模な日本人開拓団があった。少し古い資料だが、滋賀県拓魂奉賛会の『滋賀県、吉林省琿春友好訪問団、記録』がある。

一九三一年の満州事変以降、日本政府は大規模な農業移民計画を実施した。これが満蒙開拓団である。敗戦直前には約二七万人に達していたという。ソ連が満州に進攻すると開拓団は置き去りにされ、棄民状態となって多大な犠牲者が発生した。

琿春地区の開拓団は岐阜、青森、滋賀などの出身者で構成され、三千数百名を擁していた。農場からソ連領の山々がよく見えたという。

農場はソ満国境の防衛線の一環でもあったのだ。

昭和二〇年八月九日未明、ソ連軍の突如の進攻で開拓団は大混乱に陥った。ソ満国境の最前線にいたのは国境監視所を除けば開拓団だった。戦死者も少なからず生じた。

琿春で収容された開拓団など日本難民約三千人は迫る酷寒と、病魔と、飢餓の生き地獄のような悲惨な極限生活のなかで千数百人が倒れ、または離散していった。このなかに軍人は入っていない。民間人だけである。想像に絶する。

中国が琿春への訪問を受け入れたのは日本の敗戦から四〇年後のことだった。滋賀県の琿春開拓団の関係者が最初の訪問団になったわけである。彼らが訪問した当時、開拓団の本部や日本人の居住した家屋は残っており、現地の人たちが住んでいたという。さまざまな事情で琿春に留まり、現地の人たちと結婚した人を含む八〇人以上の未帰還残留婦人らも在住していた。

悲しむべきは四〇年経ても広大な大豆畑の畝のあちこちに野ざらしの白骨が散乱していたことだった。まさに戦争と植民地主義が作り出したおどろおどろしい場景であり、歴史の実際を消すことなく遺していた。

それから二〇数年後、私は琿春日本人開拓団跡に立った。そこはロシアを望む延々とした領域の農場だったはずである。ところが、農場はなかった。あったのは霞むくらい広々とした工業団地だった。

巨大な工場やビル、縦横に走る横断困難なくらいの幅広の道路など、日本では想像もつかない規模の工業団地に変わっていた。各国の企業も進出していた。自動車を止めた所に日韓共同のＩＴ工場や日本の服飾工場もあった。建造中の建物がいたる所にある。何しろ土地には事欠かない。団地はますます拡大を続けるだろう。

めまぐるしく発展する工場団地の一角に立つとき、誰が日本人開拓団のあったことを想像できるだろうか。誰が数千の開拓農民の呻吟した農場のあったことを想像できるだろうか。誰が白骨の散乱する場景のあったことを想像できるだろうか。

いまなお工場や道路の下に埋もれている同胞に思いを馳せながら、これを無常と言うのか、と自問自答しつつ感無量の思いで立ち続けていた。

満蒙開拓団門題は日本人の多大な犠牲という点からだけに留めておくわけにはいかない。満蒙開拓団が満州にたいする植民地的支配政策の一環であったからだ。

二〇一一年八月の新聞報道は以下のように伝えている。ソ連の参戦で中国黒竜江省方正県に約一万五千人の開拓団員が逃れてきた。そのうち五千人が飢餓や伝染病などの感染症で死亡した。また、四千人以上の子どもや女性が中国人に引き取られ、残留孤児や残留婦人となった。

同省方正県政府は同年七月下旬、「徳をもって恨みに報いる」という立場から日本人の慰霊碑を建立した。ところが、人々から激しい批判が巻き起こったのである。

《なぜ侵略者の慰霊碑を建てるのか》
《開拓団は土地を略奪した》
《開拓団の民族差別は軍人と違いがなかった》

こうした批判の高まりのなかで、歴史学者らも同様の声明を発表するに至った。追い詰められた方正県政府は慰霊碑を、撤去せざるを得なかったのである。

敗戦後六六年、満蒙開拓団を含む植民地的支配にたいする批判と厳しい対日感情が中国人のなかに根強くあることを直視しなければならないだろう。

二四七連隊司令部跡　二四七連隊司令部跡と琿春の若干の印象を述べて次に移りたい。二四七連隊の司令部跡は琿春市街のほぼ真ん中にあった。連隊司令部はソ連軍の進攻直前までここで指揮を執っていたはずである。小盤嶺の陣地作りを命じられた二等兵の父や瀬川久男が連隊司令部に軍務で来ることはなかったであろう。

司令部跡は日本で言う公証人役場になっていた。中国共産党が所有する六階建てのビルである。広い道路に面する一角を占め、軍事色はいっさいなかった。

繁華街にあるホテルに入って私は驚いた。ロシア人がほとんどである。やはり国境の街だ。週末にロシアから観光客がドッとおし寄せるという。街の看板や案内は中国語、ロシア語、朝鮮語の三ヵ国語で書かれている。ロシア人が経営する店も多い。

琿春がいまも重要な国境の地であることをあらためて認識できた。日本軍が押さえ、ソ連軍が突破した歴史的な街である。国境を挟んで両軍は睨みあっていた。日本側からロシアの町・クラスキノが見えた。ロシアからも琿春は丸見えだった。要するに父は日本軍とソ連軍が鋭く対峙した最前線に送られたのである。

二　家族と過ごした生地を行く

琿春から遼陽へ　琿春の見学は満足するものだった。権軍らガイド陣の周到な準備で、予定していた所はほとんど訪問できた。あとは父や母が住んだ遼寧省・遼陽市を残すのみとなった。遼陽は私の生地でもある。引揚げて以来、ここもまた六六年ぶりになる。

遼陽に行くために延吉と瀋陽を経由しなければならない。延吉は吉林省の延辺朝鮮族自治州の州都であり、州だけでも人口約二二〇万を数える。琿春よりはるかに大きい。延辺朝鮮族自治州はかつて間東省とよばれ、抗日運動の最も盛んな地域だった。延吉はとくに朝鮮人が多く、いまも独立心が旺盛と言われる。北朝鮮と関係が深く定期便も就航している。観光名勝・長白山（朝鮮名、白頭山）の入り口の都市だ。

琿春から自動車で約二時間半かけて延吉についてみると、看板などは朝鮮語だった。日常会話も中国語より朝鮮語の方が使われるという。

中国の東北は朝鮮料理が多い。北朝鮮に近いところは特にそうである。朝鮮語の溢れる街・延吉での食事はもちろん朝鮮料理だ。延吉は中国における朝鮮料理の本場と言えよう。日本の朝鮮料理より辛い。肉より東北地方の野菜がふんだんに使われる。とてもヘルシーだ。私はたちまちファンになった。

延吉に短時間滞在し、飛行機で瀋陽に向かった。一時間一〇分のフライトだ。汽車で行けば二〇時間以上かかるだろう。

瀋陽（旧奉天）は遼寧省の省都である。東北三省のなかで最大の都市であり、人口は七〇〇万人を超える。清朝発祥の地だ。ハルビン、長春などと共に中国東北地方における商工業の最大拠点の一つである。私は幼いころ父母に連れられ何回か来たことがある。

歴史の街であるとともに、旧満州国時代の日本の建造物が多数残され、いまもホテルや国家の施設などに使われている。

私の今回の旅は観光ではない。父の足跡を尋ねることにある。正直言って、見学したい所はたくさんあった。満州事変時の諸物を展示する「九・一八歴史博物館」、軍閥・張作霖とその子・張学良の邸宅「張氏帥府博物館」などがそうである。それらは別の機会に譲ることにした。ただ、ホテルの近くの清朝「瀋陽故宮博物館」の見学と、現地ガイド・李鵬の勧めで一八二九年創業の瀋陽の有名な餃子店・「老辺餃子館本店」で舌鼓を打ったことだけ記しておきたい。

私の東北地方の旅も終わりに近づいてきた。父の勤めていた遼陽の満州紡績株式会社と、私の生地であり、家族の住んだ懐かしい家を見ることができれば目的を達成したことになる。

遼陽は中国古代国家の燕や秦の時代から、この地方一帯の中心地であった。日本では日露戦争の「遼陽会戦」で一躍有名になった。ロシア軍一五万八千、日本軍一二万五千の兵が激突した日本史上初の本格的な近代陸軍戦だった。日本軍総司令官は大山巌、ロシア軍総司令官がアレクセイ・クロポトキンだった。この戦いだけで日本軍約二万三千五〇〇人、ロシア軍約二万人が死傷した。

『坂の上の雲』(司馬遼太郎)の秋山好古少将率いる騎兵旅団が活躍したのも遼陽会戦だし、軍神となった橘周太少佐が戦死したのもここだった。

遼陽会戦は戦前生まれの人ならほとんど知っている。それゆえ、日本の植民地的支配の時代に日本人の遼陽進出は奉天と並んでとくに多かった。父が社命とはいえ、遼陽の満州紡績に転勤したのも、こうした歴史的事情を背景にしていた。また兄弟妹六人中、四人が満州に住むことになった一つの理由でもあった。

中国の高速道路網は近年たいへんな勢いで延びている。遼東半島南端の大連から北に向かって瀋陽、長春、ハルビンまで東北三省を結ぶ。中国経済の躍進と国の現代化の象徴でもある。瀋陽、遼陽間はかつて汽車では何時間もかかった。しかし、高速道路を通れば一時間足らずだ。

遼陽市は瀋陽に次ぐ人口一八〇万以上を抱える遼寧省第二の商工業都市である。街は他の都市と同様、建設と解体が同時に進行していた。

遼陽のガイド役・李鵬がいきなり満州紡績に案内した。敗戦後、満州紡績から遼陽紡績になり、中国当局の操業下にあると聞いていたので建造物はかなり残っていると思っていた。しかし、事態は違っていた。建物は完全に取り壊され、五万坪の広大な工場敷地は荒地で剥き出しになっていた。遼陽紡績が倒産したからだという。敷地の片隅に元従業員の粗末なレンガ造りの家が並んでいた。三〇メートル以上ある、頭でっかちの給水塔だけが唯一残っていた。かすかに記憶にある。

父・俊夫は富士紡績株式会社の優秀な技術者だった。明治の元老・井上馨から二度も奨学金を受けている。若くして山東省・青島の富士紡績に派遣された。日本軍と国民政府軍が衝突した済南事件からしばらくたった一九二九年（昭和四年）頃と思われる。妻・じゅんと一九三三年（昭和八年）に結婚した。情勢の悪化で岐阜工場に転勤したこともあったが、請われて遼陽の系列会社・満州紡績に移った。日本人は六〇人ほどで、現地の中国人が従業員の大半を占めていた。

満州紡績正門の思い出　この日、遼陽の空は曇天でもないのに黄灰色だった。黄砂の影響だろうか。私は給水塔を視野に入れながら、荒れた構内を無心で歩いた。次第に父の面影を求めていた。脳裏に大工場の一角が広がってきた。

〈一人の男が布や綿糸の機械の間を歩いている。ときおり立ち止まり、機器の作動状況を見つめている。音に注意を払っているようだ。観察がすむとまた歩き出す。隅から隅まで点検が終わると、次の社屋に移動する。同じことが繰り返される。少しでも変調を発見すると手を加える。今度は作業員と言葉をかわす。ときどき笑い声が起こる。彼や彼女の肩を軽くたたき励ます。いつもの仕事が平和裏に進んでいる。私はボーッとしながら想像の世界で給水塔を見上げていた。〉

突然、李鵬の声が聞こえてきた。二、三度呼んだようである。私の異変に気づいて大きな声を出したのだろう。ハッとして振り向いた。真剣な面持ちで、いまから満州紡績の正門のあった付近に行くと言う。正門と聞いて私は正気に戻った。正門には消えることのない鮮明な記憶がいくつかある。

その頃、正門前はちょっとした広場になっていて、まわりに木が植えられていた。静かな感じの所だった。そこで遊んだことも覚えている。いまは市街地の喧騒のなかにある。当時の面影はまったくない。

李鵬が満州紡績時代からあった正門や、工場の建造物の写真のコピーを一〇枚ほど持ってきていた。十分記憶がある。

現在、正門のあった付近から店舗か、事務所風の堅固な二階建ての建築物が内側の高層マンションを囲んでいる。その周辺もいくつものマンションが建築中だった。工場の全敷地がマンションになるという。完成すれば、巨大マンションの林立する街になるだろう。遼陽もまた建設ラッシュの真っ只中にあり、旧満州紡績跡はその最たるものの一つに違いない。誰がマンションを購入するのか尋ねたら、比較的収入のある労働者だという。

マンション群から私の回想は鮮明な記憶へと変わっていった。天気のいい日だった。顔から肩にかけ、血だらけになって逃げてくる人の姿があった。近くに友達が一人いたかもしれない。身なりは工人服でなく、明るい茶か、クリーム系統の服を着ていたように思う。たぶん中国人だろう。

そこは満紡の門のようなところだった。子どもの足からすれば、行けるのは社宅に近い門くらいまでだ。懸命に逃げる人を、後から二、三人の男が追いかけてきた。大声で何か叫んでいる。逃げていく先に大きな門があった。満紡の外門かもしれない。警備員が二人ほどいた。その警備員が満紡の社員なのか、警察なのかも定かではない。大声に気づいた警備員は逃げてくる男に何ごとか言い、タックルするように捕まえた。

私はなにやらわからず、その光景をポカンと見ていた。何も怖くなかった。ただ、さんさんと太陽が輝き、叫び声を除けば、静かな白昼夢のような出来事だった。

捕らえられた人は何も声を出さず、縄にかけられた。私はその一部始終を見ていた。その場にいた誰もが、一人か二人の小さな目撃者に気づいていなかった。その間の時間はどのくらいだっただろうか。さしたるほどはなかったはずである。

再び満紡の工場の前あたりに人影がいなくなったとき、私は急に怖くなった。一目散に家に逃げ帰った。見てはならないものを見た、罪悪感のようなものが身体全体に満ちていていた。その日の出来事を母に告げたのはしばらくたってからだった。

血だらけで捕らえられた人物が何物であったのか、幼い私に知るよしもない。しかし、子どもにとって衝撃的な出来事ゆえ、記憶の襞にしっかり捕らえられている。その人物の風体からして財物窃取の類の現行犯でないことは確かだろう。物心ついてから考えついたことである。

私には治安対策上の捕物劇であったように思われる。当時、満州全域で、反日分子や反満分子狩りが広く行われていた。警察、憲兵隊、裁判所、満鉄警備隊、特務機関、会社の労務などの組織がさまざまな形態で深く満州の社会に根を張っていた。

日本が満州国に君臨し、満蒙経営を拡大していくためには、これに反抗する勢力を根絶しなければならない。そうすることで満州国を安定させ、国際的な認知も図らなければならない。日本にとっても、満州国にとっても、スパイの摘発はきわめて重要な政治的意義を持っていた。それゆえ、反日分子や反満分子対策は特別に重視され、中国人、朝鮮人、モンゴル人、ロシア人の各社会のなかで、各種の秘密組織が触手を伸ばしていたのである。

当局の弾圧機構や特務機関は右の人々を多様な名目で逮捕した。このなかには日本人も含まれていた。彼らは反日分子であり、反満分子であり、民族主義者であり、共産主義者であって、要するに敵のスパイだった。

捕らえられた人たちは激しいテロや拷問で殺されたり、牢獄につなぎ留められたりして、人間的尊厳を蹂躙された。そのうちの一定数は戦場の捕虜の一部とともに、悪名高い満州第七三一部隊に送られ、「丸太＝マルタ」という生体実験の材料にされた。

一九三八年一月二六日と一九四三年三月二日に「特移扱ニ関スル件通牒」が出された。この通牒により、裁判なしに七三一部隊に送ることも可能になった。

特移扱される者は何度逮捕されてもスパイ活動を停止しない者、逆にスパイとして利用できない者、絶対に口を割らない者などだった。それ以外は民族主義者、共産主義者などの思想犯で罪状が重く、死刑の確定的な者、罪状は軽くても釈放が日本軍にとって不利となる者などであったという。

ソ連兵、手を腰の拳銃へ　私はソ連兵にとびきり怖い体験をしている。ソ連軍が進駐してまもない頃、私は母に背負われて満紡の構外に出た。町に買物か、何かの用事で出かけたのだろう。母が大きくなった私を背負ったのは、手を引くだけでは危険と考えたからだと思う。

多数のソ連兵が道路に駐屯し、たむろしていた。満紡の正門近くだった。私は怖さ半分、興味半分でソ連兵を見ていた。そのうち一人の兵士と視線が合ってしまった。私はヘビに睨まれたカエルのように視線を外すことができなかった。兵士も私に焦点を合わせ、睨み返してきた。

彼は向きを正すと、やおら腰の拳銃に手を運んだ。私は子どもながらも身の危険を感じた。眼をそらさなければとんでもないことになる。必死で母の背にしがみついた。冷や汗というものを知ったのは、そのときが初めてだったかも知れない。

ソ連の兵士は気の短い青年だったと思われる。彼は日本人にたいする日常化した略奪に参加していたのかもしれない。そうだとすれば、日本人からよほど恨まれていると思うのも無理のないことである。子どもの私からも眼＝ガンを付けられたと思い、ひどく腹を立てたのだ。

戦争は人間を極度のヒステリー状態におく。子どもにも平然と襲いかかる。私は家に帰ってから恐怖の物語を母に話した。母は真剣な顔で私の話を聞いた。危険なところへ連れて行ったことを深く後悔したに違いない。


軍隊の襟章、肩章　遼陽はソ連軍→八路軍→蔣介石軍→八路軍と目まぐるしく入れ替わった。日本人も黒竜江省や吉林省方面からどんどん南下してきた。人々は暴動や略奪、ソ連や中国の軍隊を怖れ、ひたすら嵐の鎮まるのを祈っていた。まだ日本への帰還など見通しすら立っていなかった。

敵対行為者、弾圧機構にいた人、植民地主義的抑圧者などの処刑や逮捕も続いていた。無残な情報もつぎつぎに伝えられた。町で肉を売っていれば日本人の肉だ、などという流言飛語もさかんに飛んだ。日本女性への暴行や凌辱も数多く伝えられた。

砂糖や甘味類がいち早くなくなっていった。中国人が大根や人参を生で齧っていれば馬鹿にしていたが、日本人もそうすることで糖分を補給するようになった。

いままでとまったく異なった事態が生じていることを、幼い私にも大人たちの会話の通じて次第に分かるようになっていった。それでも南満にいた私たちは、開拓団など北部の人たちの苦難に比べればよほどよかった。彼らは生活の本拠を放棄し、難民となって仮収容所に辛うじて辿り着いた。不運な人は途中で殺されたり、自決したり、行き倒れたり、子どもは中国人に預けられたりした。

敗戦直後のドサクサの頃のことを二つほど述べておきたい。

一つは軍隊の襟章や肩章が満紡のレンガ塀の脇や片隅にたくさん落ちていたことである。敗残崩壊し、南下してきた部隊の一部が満紡まで辿り着いたものの、軍人だったことがバレるのを怖れ、取り外したものと思う。

私はこれを喜んで拾い、家に持ち帰ったものである。子どもたちは軍人の持つ銃剣や襟章、肩章に興味津々だった。敗戦前、一般家庭は関東軍の将校や下士官をよくもてなした。私の家にもときどき来ていた。私は子どもの特権を利用して銃剣などに触れられるので、彼らが来るのを楽しみにしていた。軍人は小さい子に甘かった。赤や金色でできている襟章や肩章に魅せられ、よく撫でまわしたものである。

ところが、敗戦後、満紡のあちこちに襟章や肩章が捨てられるようになったのだ。私はそれを得意になって拾った。しかし、母に一つ残らず取り上げられた。なぜなのか、理由が分かろうはずもなかった。だから、母を恨んだものである。母に取り上げられても、また拾いに行った。しかし、再び取り上げられてしまうのだ。私はどうしても欲しかった。あるときコッソリ隠したこともあった。

階級章は軍隊の権力や威厳の象徴であった。下位の者がそれに抗うことを決して許さなかった。星の数や金筋がすべてを決定する。上位の者はこれみよがしにひけらかした。しかし、敗戦は襟章、肩章の価値をまったく逆転させたのだ。軍人たちは星の数や金筋の多いことを怖れ、敗走の途中それらを取り外し、軍人の痕跡が残らないようにしたのである。捨てられた襟章や肩章に依然として魅力を持っていた子どもの私には理解できようもなかった。軍が崩壊するとき、こういうことも起ると思ったのはずいぶん後のことだった。

もう一つは八路軍についてである。私は、ソ連軍には恐いイメージしかない。私と睨みあった兵士や、家のなかにまで入り込み何やらわめいた髭の軍人など、悪い思い出ばかりだ。

しかし、八路軍にはそれがないのである。

八路軍は満紡の正門や構内に駐屯していた。私は母の眼を盗んでそこへ遊びに行ったものである。私が子どもだから、相手も安心していたのだろう。八路軍の兵士は非常におとなしく、いつもにこにこ笑って、私を迎えてくれた。何やら話しかけてきたり、遊び相手になってくれたりした。ソ連軍と対照的な思いが強い。八路軍は反中国と認定した場合処刑したが、例外を除けば一般人から略奪はしなかった。

略奪防止、塀上に電線　北部の黒竜江省や吉林省の日本人は難民状態となった。南満の遼陽にも恐怖の日々が押し寄せた。人心は動揺し、流言飛語や各種の情報が乱れ飛んだ。

日本人に恨みを持つ人々の襲撃や略奪が始まった。満州紡績は工場や付属設備、社宅、運動場などを囲う高いレンガ塀のまわりに高圧電線を張り巡らした。電線は襲撃や略奪から工場や日本人社員の生命財産を守ることにあった。満紡の塀外では日本人の家や、家具、戸、障子、畳からレンガに至るまで剝がされ、持っていかれた。歴史的な遺物であり、堅固な城壁で囲まれた城内でも、日本の敗北で中国人の民族意識は急速に燃え広がった。

人々は満紡に進入する機会を窺い、隙あらば入り込もうと取り巻いていた。工場内には大量の織物や綿糸、原料が保管されている。彼らはそれらを狙っていた。あるとき綿に火をつけられ、倉庫が燃えたこともあった。このとき侵入を許していれば略奪は一気に進んだだろう。

社員たちは寝ずの番で工場を見張った。しかし、電線の犠牲者は皮肉にも日本の子どもが最初だった。私よりいくつか年上の子だったと思う。悪戯が高じて電線に触れ、感電死してしまったのだ。私は母から電線に近づかないよう繰り返し注意された。

高圧電線は中国人にとって憎しみの対象であったに違いない。略奪や侵入防止とはいえ、敗戦後に設置したのだから、敵対的に映ったはずである。しかし、結果的に満紡は略奪されなかった。

一つは、ソ連参戦で敗走してきた兵隊たちが南下し、満紡の工場内に大量に入り込んだからである。現地の人々は塀の上に電流が流れているだけでなく、敗れたとはいえ鬼の日本軍が満紡に入ったことを知っていた。侵入した場合、日本軍の反撃を恐れたのだろう。

敗残兵は武器を持っていなかった。しかし、砂糖や油などの軍の物資をかなり携行していた。それと引き換えに満紡の社員たちは彼らを自分の家に宿泊させた。私の家もそうだった。満紡に入った敗残兵はソ連軍の進駐で大連など、さらに南をめざして逃げていった。

もう一つはソ連軍や八路軍、蔣介石軍が現地人の襲撃から満紡を守ったことにある。ソ連軍や八路軍は満紡にくると生産の継続を命じた。継続すれば、工場の安全と日本人の生命財産は守るというのである。満紡には製品はもちろん綿花など大量の原材料があった。織布は軍需物資である。関東軍や日本当局は原料を各紡績会社に十分に確保させておいた。

ソ連軍や八路軍はこれらの製品、原材料を戦利品として自分たちの所有物とした。操業させても支給は金銭でなく、現物の織物だった。日本人社員たちは支給された布で現地の人たちと物々交換し、生活の糧にした。満紡は生産を継続し、製品を引き渡すことで略奪や襲撃から逃れることができたのである。満紡が彼らの必要とする紡績会社でなかったなら、そうはならなかったであろう。

満州国の崩壊とともに国民政府と中国共産党の抗日民族統一戦線も終焉し、再び国共内戦に向かっていった。ソ連軍の進入に続き、八路軍が入ってきて睨みを効かせたかと思えば、蔣介石軍が侵入してくる、すると八路軍は遼陽から撤退する。しばらくすると、また八路軍が蔣介石軍を追っ払うという状況が繰り返された。満紡への指揮命令の当事者はそのつど変わった。しかし、いずれの軍も満紡を守り、工場の生産体制を継続させた。そして、満紡の生産物だけは確実に調達した。兵力を誇るだけで織物がただ同然で入るわけだから、これほど便利な戦利品はなかった。彼らは工場の生産体制に支障をきたさないよう満紡を防衛した。

しかし、恐怖の日々は続いていた。暴動と称する中国人民の大衆行動の雄叫びは、日本人や日本人町に住む人々を震え上がらせるのに十分だった。

日本人は中国人の大衆行動を暴動と言っていたが、実際は「日本軍国主義打倒」「民族独立」「弾圧日本人逮捕」などを要求する大規模な集会やデモンストレーションだったらしい。日本人は「今日は暴動がある」とよく言った。だが、集会やデモは整然と行われていたように思われる。暴動がある日はむしろ何もなかったと記憶している。

暴動の日、満紡の社宅や日本人町は明りを消し、身を寄せあって地底から湧き上る雷鳴のような雄叫びに固唾をのんでいた。

永年にわたり抑圧され、国土と民族の尊厳を蹂躙されてきた中国の人々の闘いは深く、広く浸透していった。

満州紡績幹部、六名処刑　父の兄・憲三が住む日本人町はまだ略奪を受けていなかった頃だった。満州紡績で恐ろしい事件が勃発した。社員はもちろん、遼陽の日本人はすっかり震え上がってしまった。八路軍は満州紡績の専務、工場長、総務部長以下六名を処刑したのだ。満紡には約六〇人の日本人がいたが、在満居留民の根こそぎ二五万動員で父を含むかなりの社員がいなかった。六人といえば日本人社員の一割を超す人数である。処刑の理由は八路軍にたいする満紡幹部の敵対行為ということだった。

満紡の専務以下の幹部は社員たちの日本帰還に備え、密かに大金を地中に隠したという。

会社財産が没収されたり、凍結されたりすることを恐れたからであろう。

満紡は少ない日本人を除けば、中国人が絶対多数である。日本人が彼らを指揮監督する。紡績本体の操業部門の他に工作部や修理部もある。満紡の幹部は工作部に金を収納するためのブリキ缶を作らせた。作ったのは日本人監督下の中国人労働者だった。

八路軍は満紡を占拠すると情報収集体制を敷いた。中国人労働者が数百人以上もいる会社だ。中国共産党の組織があっても何の不思議もない。ブリキ缶を作らせ、金を地中に隠匿したことがバレてしまったのだ。

八路軍は日本の来たるべき日に備えた反抗のための隠匿資金と判断し、敵対行為と認定した。調べ上げると間髪おかず処刑した。きわめて迅速な行動だった。満紡は手も足も出ない状況で会社幹部を一気に失ったのである。

処刑の日、父の妹の富士江は兄の憲三から満紡のなかにいるのは危険だから、日本人町の方に避難するよう連絡を受け、満紡を脱出した。脱出の途中、満紡近くの畑で処刑の銃声を聞いた。会社の幹部が殺された恐ろしい出来事は幼かった私の脳裏にもはっきり焼き付いている。

満紡幹部処刑事件は遼陽の日本人社会を震撼させ、日本人の抵抗やサボタージュを阻止するうえできわめて効果的だった。八路軍も政治的効果を十分読んでいたものと思う。満紡幹部の処刑は命令に従わず、隠し立てすれば厳しい制裁を受けることを一目瞭然にした。

また中国側に狙われたのは権力機構のなかにいた人たちだった。特務機関や警察官、裁判所などに在籍した人たちが真っ先に逮捕されている。民間でも、会社の労務担当や人事係がやられた。日本の特務機関はスパイを通じて中国社会の奥深くに入り込み、まじめな中国人がある日突然消されたり、逮捕されたりすることはよくあった。その典型的組織は先述した悪魔の部隊・七三一部隊である。

身に覚えのある日本人は姿を消した。名指しで追及される人もあった。惨めな運命をたどった人たちもかなりの数にのぼった。

侵略戦争は各種の犯罪人や、非人間的振る舞いをする日本人を多数作り出した。中国人を弾圧した人々の犯罪は容認されるものでない。しかし、彼らも満蒙特殊権益論や大東亜共栄圏のもとで日本軍国主義や拡張主義者の手のひらで躍らされた人たちだった。地獄の運命に落とされた点で彼らも犠牲者の一員と言えよう。

生家の思い出　ガイドの李鵬が満紡の正門跡から私の生地であり、家族の慣れ親しんだ住居跡に案内した。戸籍に遼陽市末広町一号と記されている。外国でありながら日本の町名をつけるのだから、いかに植民地的治外法権下にあったかが分かる。

満紡の専務が新しい家に移ったため、私の一家はその空き家に移転した。柵を巡らした敷地の広い、大きな家だった。

「この一帯が満州紡績の社宅のあった所です」

李鵬が弧を描くように指差した。

「えぇー?」

「しばらく前までは昔の社宅が一部あったのですが、いまは遼陽一の高級マンション地帯になっています」

「正門からこんなに近いとは思いませんでした。本当にここですか?」

「間違いありません。ここです」

満紡の正門からもっと離れていると思っていたが、目と鼻の先ほどの距離であった。幼かった頃の私にはもう少し遠くに見えたのだろう。李鵬がまた言った。

「以前、この社宅に住んでいた方を案内したことがあります。様変わりしているが、ここだと言って懐かしんでいました」

「そうですか、きっと満州紡績にいた人だったのでしょうね」

一帯に一戸建てやマンションが立ち並んでいた。いずれも瀟洒な建物である。入り口は柵が設えられ、守衛がいて部外者は入れないようになっていた。

「どんな人が住んでいるのですか？」

「遼陽の資産家や金持ちが住んでいます」

「李鵬さん、高嶺の花ですか？」

「さぁ、どうでしょうかね」

と言って、ハハッと笑った。

改革・解放政策が始まってかなりの年月がたつ。資本主義的試みと市場経済は新たな金持ち階級を確実に生み出している。ガイドのスタッフも否定しなかった。

李鵬の機転で、なかに入れてくれるよう守衛に頼んだ。はじめ拒まれたが、私がここで生まれ、六六年ぶりに訪ねたと伝えたら、吃驚して入れてくれた。道路も樹木もきれいに整備され、高級住宅が公園のなかにある風情だった。幼き時代、辺りをチョコチョコと歩き回っている自分の姿をイメージしたとき、ここを訪れたことの無上の喜びに浸ることができた。

愛犬チビ　私たちの社宅に野菜などを売りにくる王さんという人がいた。この人が私を大変可愛がってくれた。
その頃、私の家に「チビ」と名付けた茶色の小さな犬がいた。チビは私と大の仲良しだった。いつもチビと戯れていた。王さんが可愛がったのはチビと一体になった私である。チビも私も遊び疲れると、家の内そとで抱き合って寝ていたようである。王さんは犬と子どもの寝姿を見るのが楽しみだったらしい。母は「今日もチビといっしょに寝ていた」と王さんが言っていた、と語ってくれたものである。王さんは日本語がわかり、子どもの私を一人前のように相手にしてくれた。鼻が高く、眉毛の濃い人だった。

満州を引き揚げるとき、チビは現地の人に預けられた。私はしばらくの間、チビが気になって仕方なかった。

満州のスズメ　平和だった頃の思い出をもう少し続けたい。遼陽にたくさんスズメがいたのだと思う。私は、父が何度か家にスズメを持ち帰ったことを覚えている。その数も二〇とか三〇とか、あるいはもっとたくさんだったかもしれない。

幼い私は、父が石を投げてスズメを捕まえたものと思っていた。しかし、石でスズメを打ち落すことは容易でない。そうだとすれば、スズメはよほど大量にいなければならない。

私は後年、同じ満紡の社員であった父の妹の富士江夫婦にそのことを聞いたことがある。遼陽の郊外に日露戦争の戦死者を祀った忠霊塔があり、その周辺に大きな森や林があって、たくさんの小鳥たちがいたという。

当時、遼陽の日本人に忘れられないモニュメントが二つあった。一つは白塔だ。白塔は後述する。もう一つが忠霊塔だ。遼陽は日露戦争の激戦地だった。忠霊塔は日本のかくなる犠牲のうえに権益が築かれたとする意識を邦人や現地の人々に植えつけるのに役立つ。忠霊塔を建立することは植民地政策の一環でもあった。

父が捕まえたスズメは忠霊塔近くの林だったらしい。妹夫婦の話によると、父の兄の憲二は霞網を持っていたという。いま霞網は禁止されているが、戦後の一時期までずいぶん使われた。私も年上の子に従い、何度か小鳥を捕まえに行ったことがある。スズメの肉は美味しい。

賢二と俊夫の兄弟はスズメの群れるある日、忠霊塔の林に霞網を仕掛けたのだろう。父は魚とりが好きだったし、賢二も霞網を持っていたから、この種の狩猟を好んだはずである。二人が意気投合してスズメ捕りに出かけたことは大いにありそうなことである。

父がたくさんのスズメを捕まえ、意気揚々と帰宅したとき、霞網の知識のない私は何でも器用にこなす父のことだから、スズメも石を投げて捕獲したものと頭から信じ込んでいた。広大な満州の大地は鳥たちの宝庫だったようだ。

この話を李鵬にすると、彼は突然笑い出した。スズメは遼陽にいまでもたくさんいると言った。ある時期スズメがあまりに増えすぎ、害鳥という理由で駆除がよびかけられた。人々は競ってスズメを捕らえた。ところが、スズメが少なくなって害虫が大量に発生してしまったという。ウソのようなホントの話で、古い事件ではないとのことだった。

父の好物と母の料理

父は子どもの頃さかんに「殺生」をやったという。父の兄弟たちの話だ。私の子ども時代もそうだった。殺生は子どもたちのコミュニティの場であり、遊びのなかでもトップ・スリーに入っていただろう。上流側と下流側を泥や板で塞ぎ、なかの水をかき出して小魚を一網打尽にする「カヤンドリ」（筆者注、静岡県焼津地方の方言）は最高に胸をワクワク、ドキドキさせた。カヤンドリは全員協力しないと成果を乏しくする。いまの子どもたちがけっして体験できない遊びだった。

殺生が好きだった父は、もちろん魚が好きだった。母もまた魚が大好きだった。ただ、当時、中国に生の魚を食べる習慣のなかったことが残念だった、と母がよく語ったものである。

何かのおり、母から父は味噌汁がたいへん好きだったことを聞いている。味噌汁がないと機嫌が悪かったという。よほどのことがないかぎり食事のたびに味噌汁をつけたという。そのお陰であろうか、私も味噌汁が大好きである。父同様、朝に限らず昼でも夜でもほしい方だ。

母は結婚する前、叔母の家で躾、料理、和洋裁などの見習いをした。母の作る食べ物に父は満足していたはずである。煮物でも、炒め物でも、カレーライスでも何でもおいしかった。

おやつにザラメを溶かして煮つめたカルメラをよく作ってくれた。

自分の着物から子どもの野球用のユニフォームまで作った。手編みの毛糸の内職は引揚げ後の貧しい生活のなかで貴重な収入源だった。一一年の短い結婚生活だったが、父は母の主婦としての才能を十分認めていたものと思う。

ソ連兵の略奪　私たちは他へ避難することもなく、いままで通り満紡の社宅に住むことができた。満紡の生産を継続させる政策目的上、中国の軍隊が襲撃や略奪から工場を守ったからである。ソ連兵から略奪されたが、満紡幹部六人の処刑を除けば、安全の度合いはある程度高かったと言える。

ソ連が自国に送り込んだのは人間だけでない。彼らは数十万人の日本人をシベリアなどの収容所に送り込むとともに、日本の資産を強制収用し、自国に持ち去った。ソ連は工場機械、設備、備品など膨大な資産を手にした。ソ連軍が進駐後、日本人は工場の設備解体やソ連への輸送がもっぱらの仕事だったという場合も少なくないという。鉄橋まで運んだというのだから、徹底ぶりは相当なものだった。

ソ連兵は日本人宅へもドカドカ入り込んできた。彼らは貴金属や時計など、金目のものを好んで略取した。武力を背景にした力ずくの行動に敗戦国民はなす術もなかった。

私の家にもソ連兵がやってきた。髭を生やした赤鬼のような容貌をいまでも覚えている。銃を持ち、外套を着た男が何かわめいていた。私は母の脇の下で顔だけ出して恐怖の時間が過ぎ去るのを待っていた。彼が去ったのは何かを手にしてからだろう。

日本人がいまも旧ソ連やロシアに悪いイメージを抱いているのは日ソ中立条約違反や日本人捕虜の収容所送りだけでない。有無を言わせない奪取も大きな理由となっている。これらの体験は日本人の奥底に深く沈殿し、憎しみと結びついた反ソ、反ロシア感情の根源の一つでもある。

彼らは日本女性にも恥ずべき振る舞いをした。それらは本や雑誌、新聞などで枚挙にいとまがない。父の妹の夫・上橋剛によれば、ソ連兵たちは日本の女を探し求めてよくやってきたという。

敗戦後、南下してきた若い女性たちや、家から通えない娘たちは満紡の寮で生活していた。彼女らはソ連兵に目立たないように、男のような格好をしたり、顔に炭などを塗ったりしていた。ところが、満紡の寮に女がいることがわかり、彼らが押しかけてきたのだ。彼女らはソ連兵の破廉恥行為を恐れ、必死に逃げた。その一部が上橋の家にも避難し、六畳間が一杯になったこともあったという。

満紡の社宅では、彼らの略奪や暴行から逃れるため、お互いの家に穴を開け、緊急事態に備えた。

悲しい別れ　敗戦後、母は夫の消息を求めて、戦地の様子に詳しい人を良く訪ね歩いた。私も母に手を引かれ、従いていったものである。満紡社員のなかに敗戦間際に召集され、軍の崩壊で逃げ帰ってきた幸運な人も何人かいた。

父は在満現地応召者のなかでも昭和二〇年五月一九日の最も早い時期の召集だった。父も敗戦直前の召集であれば、いち早く逃げ帰ることができたかもしれない。母はこうした人の話を聞いて、自分なりに父の情報を集めていた。

訪ねた家は様子を聞きに来る人でいつも一杯だった。語る人も、悲観的な情報にならないよう、できるだけ激励的で、楽観的な話をしていたものと思われる。母は話を聞くたびに「お父さんは大丈夫よ」とよく言ったものである。しかし、そのころ父は餓えや伝染病など、難儀のなかに呻吟していた。

楽しいことも、辛いことも、悲しいことも、それらのすべては遼陽のこの家のなかにあった。いまは高級マンション地区になっているが、跡地は私たち家族の出来事を消し去ることを拒否するであろう。

社宅に起こった悲しい夫婦の別れを一つだけ記しておきたい。二〇〇六年、私は父の兄・

憲二の長女、従姉の畑島佐喜子から満州時代の話を聞いた。以下はその一部である。

畑島　終戦間際、四〇過ぎても軍隊にもっていかれたりしているからね。
油井　うちの父親は数えで四一歳ですよ。
畑島　そうそう、かき集めたの。
油井　ひどいですよね。そのなかに親父が入っちゃったんです。
畑島　そうなの。とにかくね、人数集めというのかな。だから、もうあの頃は命令もクソもないの。人数、何人集めよだから。もうやたら連れてったの、軍は。
油井　そうみたいね。
畑島　だから、私つくづく思ったのは、叔母（母・じゅん）さんのことで、私の母から聞いた話ですよ。叔父（父・俊夫）さんが出征するときに泣いて、泣いて。じゅんさんは本当にかわいそうだったって。もう叔父さんにしがみついて泣いて。離れられなくて、みんなが「もう仕方がないのだよ」「お国のためだから」と言ったけど。
油井　その話は初めて聞きました。
畑島　いや、だって母が言っていたもの。じゅんさんはそのくらい悲しんだの。
油井　富士江叔母（父の妹）さんの話によると、叔母さんの家で出征の前日に父の送別会をやったそうです。叔母さんが何て言ったかというと、「じゅんさんは送別会に来なかったの。送別会、宴会を深夜近くまでやって、あのあと家に帰ってから兄とじゅんさんとどんな話をしたのか、その後もずいぶん気になってね」という話を聞いているのですよ。いまの話で分かりました。母はとても送別会に行けるような精神状態ではなかったということですね。

畑島　そうでしょうね。近所の人がお別れのあいさつに来てくれるでしょう、大勢。でもじゅん叔母さんはもう泣いて、泣いて。あの当時、出征兵士を送るというのは名誉だって言われていたの。それでもじゅんさんはね、しがみついて離れられなかったって。見てられなかったって。かわいそうで。

父の妹・富士江の「どんな話をしたのか、ずいぶん気になってね」と、従姉の佐喜子の「泣いて、泣いて。しがみついて離れられなかった」に関し、触れておかなければならないことがある。

召集令状がきたとき、私は父母の間で深刻かつ最悪の場合を想定した会話もなされていたのではないかと考える。まったくの推測に過ぎないが、父は戦争の厳しい結果を予想していたのではないだろうか？

当時、末弟の伸二は満鉄に勤務していた。彼に結婚話がすすみ、昭和一九年七月、本土在住の幸枝と結婚することになった。厳しい戦時下にあったので長兄・菊市郎が花嫁を伴い、来満することとなった。そのとき菊市郎は父のすぐ下の弟・瑛伍から戦局の状況を聞いていたらしく、「今度の戦争は駄目らしい」と漏らしていたという。

東京で軍事を含む通信関係の仕事をしていた瑛伍は日本軍の不利な戦況を傍受できたという。私はこの話を父の三三回忌の法要のとき、叔父の瑛伍から初めて聞いた。それゆえ、父と母は兄を通じて日本危うしの情報を得ていたのではないかと思われる。だからこそ「泣いて、泣いて、しがみついて離れられなった」のではないだろうか。

ふと万葉集の防人の歌が思い出された。（防人に　立ちし朝明《あさけ》の　金戸出《かなとで》に　手離《たばな》れ惜しみ　泣きし児らはも」（児は妻のこと　東歌、巻一四・三五六九）

いつの時代も変わらない、愛する夫婦の別れの光景であろうか。防人の時代も近代の戦争の時代も基本的に同じであろう。

私は物心ついてから、父の言葉を母から聞いたことがある。

「子どもたちには学校だけは出しておきなさい」

母の話を聞きながら、これを父の遺言である理解した。最悪の事態を予想した会話でなければ出てこない言葉である。母は父の遺言をしっかり守った。母は三人の子ども全員、高校以上の教育を受けさせた。そのころ義務教育で終わる子どもが多かった。貧しいなかでできることではない。

人狩り動員の実態　大本営は、関東軍の主力が南方などに転出したあと、その不足を補うため、在満者で現地補充することを決定した。もはや本土からの補充の余裕もなく、しかも米軍包囲のもと、兵員の海上移送そのものが危うかった。満州では、関東軍主力の南方転出後、現地補充したため、本土と比較にならないほど成人男子が不足していた。

この頃の関東軍について、二四七連隊の元下士官・大池恭平は次のように言っている。

「半分くらい南方へ転属させた。沖縄決戦をやったから。兵隊がものすごくいなかった。わしが教育隊から帰ってきたとき、こんなに少ししかいないのか、と思ったくらいいなかった」

大池は半分くらい転属したと言っているが、実際はそれを遥かに越えていた。しかも、召集されてきた兵たちは若者不足のため、みんな高齢者たちだった。

「四〇から四五くらいのわしらの親くらい人たちでね。会社の所長や大学の絵描きたちなど、みんな年寄りの衆ばっかり。びっくりしたね」と大池は語った。

清田春夫は関東軍の現地召集ぶりを次のように証言した。

「一番憎らしいのは関東軍の将校です。幹部候補生として召集されたばかりの奴を夜、事務所へ遊びに来させて、まだ日本人で召集されてもいい人がいるかと雑談するわけさ。そしたら、まもなく自分のところに赤紙が来ちゃった。関東軍が負けるのを知っていながら召集をかけたということで、わしはいまでも関東軍を恨んでいる。関東軍というのは何をしてたんだって。負けることがわかっていながら召集するなんて。こんな犠牲払わなくてもすんだのだ。とことんまでひた隠しにして、負けるまで召集したってことは、その後の悲惨をさらに大きくしたんだ。とくに開拓団はそうですよね」

関東軍は召集したばかりの幹部候補生を使って事業所を回らせ、目ぼしい者の対象者名簿を作っていたわけだ。清田はこの幹部候補生が遊びに来ていたと思い、話し相手になっていたら、自分が名簿に載せられ赤紙を貰ってしまったというわけである。このやり方は関東軍の人狩りとも言うべきものである。

清田は新京（現長春）で召集されている。新京は満州国の首都で遼陽に比べれば、むしろハルビンの方が近い。彼は四〇代の男は全部召集されたと言っている。清田夫人によれば、新京の郊外には何千軒もの日本人住宅があったが、敗戦間際、ここには年よりと子ども以外、男は一人もいなかったという。新京でも、男は軒並み召集された北方の開拓団とほぼ同じ状態になっていた。彼は三五歳で召集されている。三五歳なら通常召集されることはない。しかも兵歴のない第二国民兵である。

父の場合も清田と大差はない。関東軍は父のいる満紡にやってきて、父を含む何人かに印をつけたのだ。満紡にはおよそ六〇家族がいた。関東軍の将校は満紡の会社幹部と召集の相談をしたことだろう。運悪く、その時点の必要人数に入れられてしまったのだ。

父は技術者である。紡績もまた戦時であれば、すぐれて軍需産業である。軍事産業部門の重要な地位や部署にいる場合、年齢が比較的若い者でも軍隊に引っ張ることはしなかった。しかし、人的に逼迫し消耗戦に破れていた軍部にそんなことを考慮する余裕などなかった。こうして鉄砲の撃ち方すら知らない、老兵たちもソ満国境に強制的に送り込まれたのである。

畑嶋千代松の例。彼はソ連抑留後、一九四八年（昭和二三年）に復員してから、私の従姉・佐喜子と結婚している。畑嶋は二〇代の若さでありなら、その技術を買われて満州の中島飛行機の子会社の工場長をしていた。配下に三五〇人ほどの従業員がいたという。中島飛行機といえば、兵器生産に直接かかわる超重要な軍事工場だ。その工場長で技術者の畑嶋まで召集した。戦争指導者には戦争を継続する合理的発想は全くなかったと言っていい。

畑嶋の召集は敗戦間近、軍がいかに混乱と無方針に陥っていたかを示す証左でもある。二〇代の若さに飛びついたのか、あるいは重要な軍事生産の担い手であることすら分からなくなっていたのだろう。ここには合理的目的性などかけらもない。

不安に駆られた関東軍は、七月になると武器もないのに在満日本人男子二五万人根こそぎ動員を行った。その名のとおり根こそぎ動員である。次々に動員が始まった。男と名がつけば、高齢者であろうと、少年であろうと、その対象になった。満紡でも次々に出征していった。

父の兄・憲三の中学生の長男はわずか一五歳で動員されている。彼は幸いなことに、ソ連の参戦により途中で動員解除となり帰宅できた。

これが敗戦間際の満州の人狩り動員の実態であった。

遼陽の白塔

忠霊塔には当時の日本人に強い思い入れがあるが、遼陽の最大の見所は白塔である。中国六大高塔の一つで、八角一三層、七一メートル余の巨大な仏舎利塔だ。中国・東北地方の人なら誰でも知っているという。

いまは樹木の多い白塔公園になっている。李鵬が近くにあると言って案内してくれた。私は子どものころ父母に連れられ、何度かきている。驚いたことに白塔は生家のすぐそばにあった。家からもっと離れた静かな所という印象とは異なっていた。子どもの足からみた距離感だったのだろう。

公園は遼陽市民の憩いの場であり、観光客も少なからずいた。白塔を見上げた。真下から見ると首が痛くなる。幼いときも同じ思いで眺めていたはずである。かつての私と同じくらいの子どもたちが両親に手を引かれている姿を何組か見かけた。数十年前の幸せな時代の私と完全にオーバーラップしていた。

突然、李鵬が声をかけてきた。

「何か気がつきません?」

「エッ?」

「スズメがたくさんいるでしょう。白塔公園はスズメの楽園なのですよ」

「そのようですね。忠霊塔だけでなく、ここにもたくさんいたのでしょうね」

父が捕らえたスズメを再び思い出しながら、笑って応えた。

チェンピン　私は母におんぶされ、よく市場に行った。記憶によれば、そこは大きな広場だったような気がする。雑踏のなかを大勢の人たちが行き交っていた。野天の小さなスペースに野菜や果物や肉など、いろいろな食べ物や豚饅頭＝豚まんなどを売っていた。私はそこへ行くのが楽しみだった。母が豚まんや、チェンピンを買ってくれたからだ。

豚まんは一つでも子どもの私には十分の大きさだった。とりわけ好きだったのはチェンピンだった。チェンピンは小麦粉を薄くのばして軽く焼き、なかにネギかニラ、肉などを細長くのせ、クルクル巻いて棒状にしたものだった。

母はチェンピンを私に握らせ、市場のあちこちを見てまわる。売り手となんのかんのとやり取りする母を背越しに見ながらチェンピンを頬張っていたものだ。

私は遼陽の見学に訪れる前日、瀋陽の名物餃子を食べながらチェンピンのことを権軍と李鵬に話した。彼らは田舎に行けば、チェンピンはあると言った。チェンピンという名称に自信はなかったが、彼らは発音どおりの「チェンピン」だという。ところが、幸いというか、偶然というか、私はチェンピンに巡り会えたのである。

遼陽の予定をとどこおりなく終えた私たち一行は瀋陽に戻ることにした。ガイドの李鵬の勧めで帰路上にある「東京城」と「東京稜」を見学することにした。二つとも近接していて、郊外にある。

東京城は清の太祖・ヌルハチ時代のもので、天祐門という往時の頑丈な城壁が一部遺っていて、内部は展示場になっていた。東京稜は、ヌルハチ後の清朝初期の皇帝などの陵墓が二つほどあった。間口約四〇メートル、奥行き七〜八〇メートルほどの稜だ。

東京稜の陵墓を見て回っているときだった。李鵬があわてたように駆けてきた。

「油井さん！　チェンピンがありましたよ！」

息せき切るように言った。

「エッ、何と言いました?」

「チェンピンがあったのですよ。チェンピンが」

「チェンピンが? エッ、本当ですか? どこにですか?」

「あの人たちが焼いています」

三人の婦人たちを指差した。一人は東京稜の陵番で、清朝時代からの家業だという。他は近所の人たちだった。六〇代だろう。李鵬がさっそく私を紹介してくれた。遼陽生まれでチェンピンを食べたことがあり、日本から来たと言うと彼女らは歓声をあげた。一人が名古屋に娘がいると言った。

丸くのばした小麦粉が焼きあがると、ねぎ、味噌、ジャガイモ、肉を細長くおき、クルクルと巻いた。私の記憶に間違いなかった。母の背におぶさり、握って食べた幼い日のことが一気に蘇った。

「食べな、食べな」

「食べな、食べな」

と言っているようだ。思っていたより太い。遠慮なく摑むと、くわえ込むように頬張った。三人と権軍、李鵬がいっせいに私を見た。

「この味だ！」

叫ぶように言った。私の身振りで分かったのか、三人はまた歓声をあげた。

こうして父母たちと過ごした生地・遼陽で、思いもかけない体験をすることになったのである。私は三人の婦人に丁重なお礼を述べ、遼陽を後にした。

父を尋ねる牡丹江、図們、琿春、瀋陽に続く中国・東北地方の旅は、遼陽の満州紡績跡や生家跡の見学などですべてを終了した。

充実した気分で、胸を大きく膨らませながら機中の人となった。

三　父の死亡地、特定する

旧ソ連慰霊友好親善事業　中国・東北地方から帰ってからまもなくのことだった。静岡県の援護の担当者から旧ソ連地域の慰霊友好親善事業の存在を知らされた。私がときおり関係部局に問い合わせたり、何らかの事業のある場合の連絡を依頼したりしていたからであろう。

戦没者の遺児が亡き父等が眠る戦没地に立ち、慰霊追悼を行うとともに現地の人々と友好親善を深め、恒久平和を願う政府事業であって、日本遺族会が補助を受け、実施するという趣旨のものだった。

慰霊事業は厚生労働省、遺族会、各種抑留組織、戦友会など、各種の団体によって行われてきた。遺族会もずいぶん前から実施していた。

たとえば二〇一〇年度の「戦没者遺児による慰霊友好親善事業・実施計画概要」によれば以下の地域に慰霊訪問を行っている。

旧ソ連、モンゴル、フィリピン、東部ニューギニア、中国、ボルネオ・マレー半島、西部ニューギニア、ミャンマー、ソロモン諸島、マリアナ諸島、トラック諸島、パラオ諸島、ミャンマー・インド、中国・バシー海峡などである。いくつかの地域では二次にわたって実施されている。

国による遺骨収集や、戦友会や、有志の会や、個人レベルまで含めれば、相当数の人々が海外の慰霊追悼に携わっている。敗戦後、六六年たっても依然変わらぬ重要な事業である。それはまた肉親にたいする日本人の限りない思慕と敬愛を表している。

旧ソ連地域への慰霊訪問の出発は迫っていた。父を尋ねて中国から帰ったばかりだったが、迷うことなく参加を申し込んだ。申込書に昭和二〇年八月一三日、琿春で戦死となっているが、シベリアから帰還した戦友の知らせにより、位牌の死亡日は同年一一月二五日であること、ただし、死亡場所は特定できない旨を記した。

さきに述べたように、私は掖河収容所で亡くなった可能性八〇パーセント、シベリアのどこかの地または逆送途中で死んだ可能性もあり得ると判断していた。瀬川久男の履歴原票には、昭和二〇年一一月一五日に満州に逆送され、ソ満国境を通過したが、掖河収容所にいつ着いたか記載されていなかったからだ。私は旧ソ連で亡くなった二〇パーセントの可能性を理由に参加を申し込んだ。幸い選考された。

逆送概況表と逆送一般の概況　私は実施団体の遺族会に父の属した二四七連隊がソ連に連行されたあと、どのような経過を辿ったのか、知りうる資料の提供を依頼した。彼らは迅速に応えてくれた。すでに手にしていた書類もあったが、そのなかに驚くべき資料があった。「逆送概況表」と「逆送一般の概況」と名付けられた文書だった。

二四七連隊は金蒼収容所で五二作業大隊と五三作業大隊に編成され、シベリアのコムソモリスク地区、ムーリー地区またはフルムリ地区のいずれかに送られたことは分かっていた。「ソ連における日本人捕虜の生活体験を記録する会」の代表・高橋大造の教示もあった。しかし、どの地区なのか判明しなかった。

二つの文書を見て私は背筋の震えるほど驚いた。父の死亡場所が特定できたからだ。中国・東北地方訪問の前、私は防衛省防衛研修所図書館資料閲覧室で父と戦友・瀬川久男の名前を二四七連隊・第八中隊のなかに発見したとき、手招きする父の幽かなサインを見る思いだった。逆送概況表と逆送一般の概況も、そのときとまったく同じ思いだった。

連隊略歴よれば、二四七連隊は昭和二〇年九月二二日〜一〇月七日、ソ満国境・琿春経由で入ソした。瀬川の履歴原票は一〇月一五日、どこの収容所かは分からないが収容されたと書いてある。その一ヵ月後の一一月一五日、彼は病気のため満州に逆送され、再びソ満国境を通過した。

何度も述べたとおり、父の命日は一一月二五日である。ところが、一一月二五日、瀬川がどこにいたか履歴原票では分からない。ソ満国境近辺か、逆送途中か、牡丹江の掖河収容所か、のいずれかだ。掖河収容所を最期の地と推測したとはいえ、二〇パーセントを他とする可能性も否定できなかったのである。

しかし、逆送概況表と逆送一般の概況はその疑問を完全に解決してくれた。私は最高度に緊張した。逆送概況表によれば金蒼五三大隊に編入された二四七連隊の満州逆送者は一一月一五日に掖河に到着していた。従って、掖河収容所で死亡したことが確定したのである。同時に、父が金蒼五三大隊に編入されていたことも判明した。

瀬川は履歴原票に、昭和二〇年一〇月一五日に「?収容所」に収容されたと記したが、労働に耐えられない病弱者は収容から二週間後の一一月三日、早くもムーリー地区のペレワー

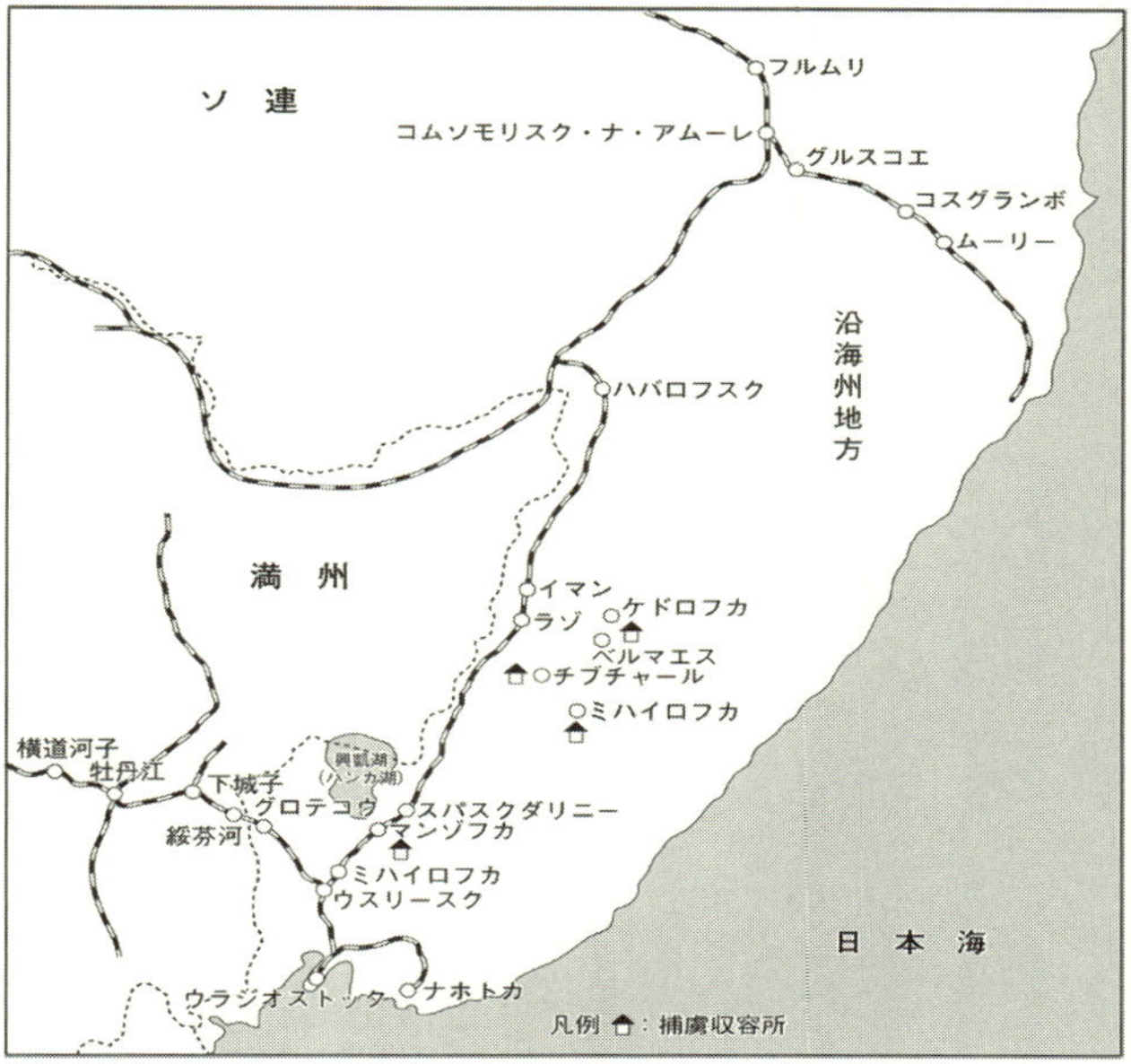

父・油井俊夫らが捕虜となって入ソ直後、病弱など労働に耐えないと判断され逆送された経路

ル・コスクランボ駅に集結させられ、ムーリー地区・サルワッカ方面よりきたA列車梯団に合流し、ソ連国境の最終終結地・グロテコウから掖河収容所に逆送されていたのだ。

　地図上から推測すると、汽車でペレワール・コスクランボ→コムソモリスク→ハバロフスク→ウスリースク→グロテコウ→綏芬河を経て牡丹江に送られたと思われる。

　入ソから掖河逆送の二週間余を見るかぎり、逆送者たちはもとより使役に耐えられる状態ではなかった。逆送者たちは金蒼収容所か、移送中に病気に侵されたと思われる。ソ連は労働に耐えられない者をシベリアまで連行しながら、役に立たないことを理由に、治療することなく捕虜の一〇パーセント近い四万七千人を送り返したのだ。連行しなければ病態の進行を食い止めた可能性もあっただろう。恥ずべき行為と指弾されても仕方あるまい。

逆送概況表は二四七連隊の金蒼五三大隊中、朝鮮に逆送された経過も記していたことも付言しておきたい。

逆送の状況　逆送はどのような状況下で行われたのか。逆送一般の概況の一部を示しておきたい。読みやすくするため著者の責任で句読点を加えた。

《全体の状況》

(1) 終戦後入ソした人員は、戦闘或は終戦後の混乱に加えて行軍並びに輸送間の疲労と収容所到着後の施設給養等極めて不備にて各収容所とも患者を多発したため、之等作業に堪えない患者は入ソ直後の二〇・一〇中旬頃から翌二一・八上旬の間に亘り、それぞれ満州及び北鮮の各地に逆送された。

(2) 逆送された者は何れも患者であり、且一部重患者もあり、特に二〇年末頃までの冬季間の輸送に於いては施設給養等極めて悪く、輸送中において既に多数の死亡者を出し、更に満鮮地区到着後は各地の受入態勢不備のため発疹チブス、赤痢等の発生を見るに至り、手のほどこし様もなく多数の死亡者を出すに至った。

(3) 前述の様な状態に拘らず、之等の患者は何れも各収容所からの寄せ集めで、部隊の建制は完全に崩れ、組織として何等見るべきものもなく、個人毎には他を省みる余裕のない悲惨な状態で輸送されたものであるから、人員氏名の掌握等は極めて困難の状態である。

《牡丹江地区逆送群》

(1) 牡丹江地区にたいする逆送は、東ソ地区の各収容所から二〇・一〇中旬より二〇・一二下旬に亘る入ソ直後に行われた。

(2) 東ソ地区に入ソした部隊は、主として東満に終結した戦闘実施部隊が多く、戦闘・武解・入ソ等の行動間に於いて既に疲労困憊し、更に入ソ後の収容施設等も中・西ソ地区に比して悪く、患者多発（患者のまま入ソした者もある）したためこれ等の患者を収容所・病院等から集めて逐次自動車又は列車梯団を編成して頻繁に牡丹江地区の各収容所に逆送されている。

(3) この時期の逆送は極寒時の輸送にも拘らず、輸送施設給養等極めて悪く輸送途中に於いて既に一割程度の死亡を出した模様である。

(4) 牡丹江地区（拉古、謝家溝、掖河）到着後は各収容所とも受入態勢極めて不備のため、特に医療施設等ほとんど見るべきものなく、到着患者は二週間位の間に極めて多数の死亡者を出し、死亡者の氏名掌握等は非常に困難の状態にある。

(5) 一部は作業大隊として入ソして下車駅到着と同時に患者多発の故を以って収容所に入ることなく、作業大隊のまま同じ列車で拉古に逆送された梯団もある（金蒼六〇大隊）。

(6) 患者のうち一部健康回復者は訓練大隊に編入されその後第Ⅱ次編成の作業大隊で再びソ領に送られた。

悲惨な実態　私は逆送概況表と逆送一般の概況の二つの文書を手にするとさっそく厚生労働省に確認を求めた。ともに厚生省引揚援護局未帰還調査部第一調査室が作成したものだった。逆送概況表は昭和二六年一〇月作成、逆送一般の概況は昭和二九年三月、「逆送資料状況綜合図」という大きな地図形式の図のなかに記載されていた。

私はほぼ同時期に作った思われる「収容所概況」や「作業大隊概況表」を手にしていたが、逆送概況表と逆送一般の概況を取得できていなかったことに、またもや歯軋りする思いだった。いずれの資料もずっと前から国が保管していたのだ。

逆送一般の概況は恐るべき悲惨の実態を伝えている。逆送者は重症患者を含む病人であること、逆送中に多数の死亡者が出ていること、逆送されても受け入れ態勢が不備なため、発疹チブスや赤痢などの伝染病に罹患し、手のほどこしようもなかったこと、逆送者は各収容所から寄せ集められたため組織的な体制もなく、他人を省みる余裕のない悲惨な状況下にあったこと、等々が記されている。

金蒼収容所の六〇作業大隊は下車駅に到着したが患者多数のため、そのまま拉古収容所に逆送されている。二四七連隊は五二作業大隊と五三の作業大隊に分かれた。

逆送概況表によれば、五二作業大隊も六〇作業大隊と同じだった。五二作業大隊はコムソモリスク地区に送られた。昭和二〇年一〇月一二日〜一三日にコムソモリスク駅に到着し、身体検査した結果、同日中に梯団の一括逆送が決定され、一週間後に牡丹江の関東第八病院と謝家溝収容所に送り返された。こうした例は少なからずあったと思われる。

金蒼収容所の一四作業大隊、一万四千人の実態は悲惨さにおいて特筆されるのではないだろうか。

金蒼収容所の多くは東ソ(東部ソ連)地区に連行されたと判断される。コムソモリスク、ムーリー、フルムリなどのハバロフスク州は東ソ地区になる。先記したように、父はムーリー地区のペレワール・コスクランボに収容されたと思われる。

二四七連隊の一一二師団を含む東ソ地区の部隊は、戦闘実施部隊が多く疲労困憊していたうえに、中・西ソ（中部、西部ソ連）地区に比べて収容施設も悪く、患者が多発した。そのため牡丹江地区逆送者群の約一割が途中で死んだ。逆送概況表中に、途中死亡者は停車駅の野原で埋葬されたり、貨車で他に運ばれたりしたと書いてある。

多くの抑留記やシベリア体験記が語るように、ソ連各地に送られた捕虜たちは移送間中、牛や豚のごとく貨車に詰め込められた。大小便は垂れ流し状態で、発疹チフスなど伝染病をさらに拡大させたという。東ソ地区の収容所行の貨車も、逆送の貨車もほとんど同様であったことだろう。

収容所は見るべき医療施設もなく、到着後約二週間の間にきわめて多数の人々が死んだ。掖河収容所は別名、掖河病院と称したが名前だけの病院であったのだろう。

五三作業大隊にいた父と瀬川久男らは昭和二〇年一一月三日に寄せ集められ、一一月一五日に掖河収容所に到着した。金蒼収容所または移送間に罹患したのではないだろうか。五二作業大隊や六〇作業大隊と同じような状況下にあったと思われる。そして、一〇後の二五日、ついに最期の日を迎えたのだ。多数の人々が亡くなった到着後二週間以内のことだった。

すでに述べたことだが、牡丹江に約八千五〇〇人逆送されてきた。そのうち掖河収容所だけで約三千人も斃死した。牡丹江には掖河収容所以外に発達溝収容所、拉古収容所、謝家溝収容所もある。逆送一般の概況から推測しても牡丹江逆送者・約八千五〇〇人中、生き残った人の方が少ないのではないだろうか。

父の戦友・瀬川は生還した。幸運の持ち主だったのだろう。彼は患者としてムーリー地区の収容所に連行されたが、父とともにすぐ逆送された。父は死に、瀬川は生還した。その差を分けた「生」とは何であったのか、またまた私の胸裡が激しく襲われる。

逆送者は各収容所の寄せ集め集団で他人を省みる余裕もなかった。しかし、父と瀬川は二四七連隊の第八中隊以来の戦友だった。二人は昭和二〇年五月一九日に召集された同年兵だった。その二人が病弱者という同じ理由で、同じ日に、同じ掖河収容所に逆送されたのである。父と瀬川のような関係にある者が、一緒に逆送された例は少なかったのではないだろうか。二人はこの点でも強い絆で結ばれたに違いない。父が瀬川に見取ってもらったことは幸いだった。父は「いくらでもお礼をするから連れて行ってくれ」と頼むこともできた。

数少ない復員者となった瀬川は母に父の最期を知らせてくれた。しかも、留守担当者となって父の遺骨（筆者注、遺髪と推測）と形見のお守り、印鑑を持ち帰ってくれたのである。瀬川がいなければ、どこで死んだか分からなかったし、お守りも印鑑も母の手に届かなかったかもしれない。私は父と瀬川の生死をかけた友情に深甚なる敬意を表したい。

逆送一般の概況は、氏名の掌握が非常に困難であったと記している。概況が作成されたのは一九五三年三月（昭和二八年三月）のことだ。そのときからでさえ六〇年の歳月が流れている。日本人を武装解除し、捕獲・収容した国は旧ソ連とそれを引き継いだロシアである。逆送者や死亡者の氏名を掌握し、通知する責任はこれらの政府にある。

既述のとおり、逆送者約四万七千人中、朝鮮分の二万七千六七一人の名簿が渡されたのは二〇〇五年四月なってからだった。満州分は今日に至るも明らかにしていない。旧ソ連とロシア政府の責任はきわめて重大であることを繰り返し強調したい。

本項の終わりに、逆送一般の概況中に延吉（間島）及び敦化地区逆送群、黒河地区逆送群、北鮮地区逆送群の記載があったことを付記しておきたい。詳述しないが、悲惨な実態は全般の状況や牡丹江地区逆送群とまったく変わらない。

四　シベリアの捕虜収容所

東京ダモイ　既述のとおり、ソ連抑留者は約五七万五千人（内モンゴル一万四千人）、そのうち満州・北朝鮮逆送者が四万七千人である。したがって、逆送者を除く五二万八千人がソ連に長期にわたって抑留されたことになる。

一九四六年〜四七年に帰国した復員者からの聴き取り調査によれば、ソ連国内の日本人収容所や作業所、病院などの総計は約二千箇所を数えた。極東の沿海州から西はモスクワ近郊、黒海周辺、南は中央アジア、北は北極圏のマグダンやナリンスクなど、モスクワ以東の全域に及んだ。

強制労働させられた職種は地域により異なっても非常に多方面にわたった。鉄道建設、森林伐採、石炭採掘、鉱山労働、市街地の建築作業、道路の拡張工事、農業従事、機械工、採石工、運転手、縫製工、指物師、事務職など、数えきれないほどだった

ここでは主としてコムソモリスク地区、ムーリー地区、フルムリ地区、ハバロフスク地区など、極東シベリアの捕虜収容所を焦点にあてながら述べることにする。

二四七連隊の下士官兵の五二、五三作業大隊が金蒼収容所を出発したのは昭和二〇年九月一八日～二〇日のことだった。ソ満朝国境周辺をぐるぐる回る行軍や、途中待機などで半月近くたっていた。

季節は一〇月に入っていた。北域の寒さや貧弱な給養が衰えた捕虜の肉体をむしばんでいた。軍服一枚を通して地面から直接伝わる寒気は、彼らの肉体をさらに消耗させた。やたら寒い日々が続いていた。国境を越え、ソ連領に入ったのはそんな頃だった。ソ連兵は日本人捕虜に「東京ダモイ」と言いながら歩かせた。ダモイとは帰国というロシア語である

捕虜たちはソ連領に入ると、しばらく行軍をしたのち、貨物列車に乗せられた。誰もがやっと過酷な徒歩移送から解放されたと思った。いよいよナホトカか、ウラジオストックから懐かしい故国に向けて船出できるものと心待ちにしていた。しかし、汽車の旅が終わりソ連兵の自動小銃に促されて下車したとき、彼らは完全に騙されていたことに気づいたのである。

汽車から降りると雪が降っていた。そこはまったくの別世界だった。シベリアの奥地であることを直感した。捕虜たちはコムソモリスクをなかに挟み、北はフルムリ、東はムーリーに送られた。

一〇月一五日、父や瀬川久男はおそろしく奥地で、高地の「?·収容所」に入れられた。ムーリー地区のペレワール・コスクランボであることなど知りようはずもなかった。二人は栄養失調のため、動くことすら困難だった。降りしきる雪と寒さは病気の二人にとって、ことのほか辛かった。

使役に耐えられない抑留者と判断された父と瀬川は、役に立たない捕虜として満州に送り返されることになった。

このあと二人にどのような運命が待ち受けていたかは、すでに記したとおりである。

捕虜労働の実態　働けると判断された者は全員留置された。日本人捕虜はソ連の国家建設にきわめて魅力のある労働力だった。労働の対価をほとんど必要としないからである。

帝政ロシアを含め、ソ連には囚人や政治犯をシベリアに送り込む流刑の伝統があった。レーニンもスターリンも流されたことがある。

流刑は懲らしめのためだけでなく、鉄道建設や森林伐採、炭鉱掘削、未開の土地の開拓など、労働の成果を収奪することに目的があった。ソ連の国家建設に利用するためである。捕虜の労働も囚人の労働も基本的に同じカテゴリーに入る。

大池恭平はコムソモリスクの収容所＝ラーゲリに入れられた。どの収容棟も最初は一から始まっている。例えば、三〇一、三〇二、三〇三、三〇四………、というようにである。大池の棟は三一〇だった。

コムソモリスクの収容所は、もともとソ連の囚人を収容するためのものだった。日本人捕虜がくる前までソ連の囚人が入っていたという。日本人はソ連囚人の肩代わり労働力として連行されたのである。

清田春夫はコムソモリスクからバム鉄道で奥地に送り込まれた。シベリア鉄道は西シベリアのノボシビルスク、クラスノヤルスクからタイシェトを経て、イルクーツク、ハバロフスク、ウラジオストックに到る。総延長は実に九千二九七キロに達する。まさに欧亜大陸横断鉄道だ。モスクワ、ウラジオストック間は八日も要するという。

一方、バム鉄道は第二シベリア鉄道と言われる。タイシェトから東に向かい、コムソモリスク・ナ・アムーレを経て、支線はタタール海峡のソビエカヤガバニに到達する。シベリア鉄道がシベリア大陸の南側を通るのにたいし、バム鉄道は北側を走る。バム鉄道が第二シベリア鉄道と言われる所以もここにある。

ソ連政府はシベリアでの社会主義建設と内陸部開発のため、北極圏や極東全域で大規模な経済計画を立て、その中心に新たな鉄道敷設をおいた。バム鉄道はソ連の数次にわたる計画のなかでも、すこぶる重要な開発政策の一つであった。全長三千一四五キロの全線が完成したのは一九八四年だった。息の長い建設計画だったことが分かる。バム鉄道建設に最初に動員されたのはソ連の政治犯や民族抑圧の犠牲となった人々を含む囚人たちだった。

コムソモリスクは、西はシベリア鉄道と結び、東はソビエカヤガバニから対岸のサハリンをつなぐ紐帯的存在であり、ハバロフスク、ウラジオストック、ナホトカとも鉄道で結ばれたきわめて重要な都市である。

清田はバム鉄道のどの駅で降ろされたか分からないという。沿線は数キロから一〇キロ間隔で収容所が続いていた。ソ連の囚人用であったものもあれば、日本人捕虜用として急遽建設されたものもあった。日本人捕虜たちは、これらの収容所群に五〇〇人くらいずつ収容された。まことにお粗末だった。

収容所はもともとソ連の囚人を閉じ込めたところである。夏はともかく、厳寒の冬は直接外気が浸透する。氷点下何十度などは珍しくない。凍てついたガラスは素通しと同じだ。それを防止する手立てもない。氷柱が屋内にも根を張る。それでもソ連の囚人は自分の国の生まれだから厳寒の真冬がどんなものか知っている。この点、日本人は決定的に不利である。

寒さは栄養失調、伝染病とならぶ大敵だった。

金蒼収容所から移送された日本人捕虜たちは、シベリアの収容所に着く早々、使役に供された。手際の良さは武装解除以来の約二ヵ月間の遅れを、一日も早く取り戻そうとするかのようであった。琿春、蜜江峠の捕虜たちはバム鉄道の建設などに従事させられた。鉄道建設は重労働である。それが厳冬のなかで開始された。

ソ連の収容所当局は、同じ捕虜でも戦闘した部隊であるかどうかで、労働の種類や食事の中身に差異をつけた。二四七連隊などはソ連軍に徹底的に撃ち破られ、惨めな敗北を喫した部隊であったが、ソ連軍を迎え撃った点で立派な戦闘部隊だった。

タコ壺作戦では急造爆弾を抱えて体当たりしたし、切り込みや突撃も敢行した。これらの作戦でソ連の将兵に戦死傷者も出ているのだ。琿春の部隊はいわば憎い敵である。ソ連当局は琿春部隊のような戦闘部隊と、戦闘に至らなかった部隊とを区別し、戦闘部隊に重労働を課したという。

シベリアの労働中、鉄道建設が最も重労働だった。戦闘部隊の罪を問われ、重労働を強制されても食糧は一番悪かった。朝食は黒パン一個とスープ、少しの塩ニシンである。戦闘なしで武装解除された捕虜たちは、たとえば炭鉱労働に従事させられた。むろん炭鉱労働も厳しかったが、厳寒の野天労働の鉄道建設よりましだった。清田は炭鉱の食糧は鉄道よりよく、炭鉱の捕虜たちは食事のことをあまり口にしなかったという。

大池や清田らが所属した二四七連隊などの琿春部隊は恐怖の戦闘を強いられ、多数の戦死傷者を出しながら、捕虜となっても一番過酷な労働を強制されたうえに、食事のランクまで落されたのである。

ノルマと食事

バム鉄道はシベリアにおけるソ連の国家計画のなかでもひときわ重要なプロジェクトだ。建設工事はソ連当局の系統的な政策により、当初、囚人などが徴用されていた。

日本人が投入されたバム鉄道の現場は、レールをおいただけのものだった。線路はガタガタで浮き上がっていた。作業は線路の敷設と伐採に分けられ、土砂入れ、材木の伐採、薪作りなどだった。

伐採は枕木を作るためである。シベリアは森林資源が豊富だ。鉄道を敷設する両側に森林が広がっている。レールを敷きながら枕木用の樹木を調達するのだ。薪作りは汽車の燃料にするためである。蒸気機関車は石炭をエネルギー源にするが、この頃のバム鉄道は薪を焚いて走っていた。

捕虜たちは二人で一組になる。伐採した材木を二人で両端を担いで線路まで運び、積み上げる。

この作業がくる日もくる日も、朝から晩まで続く。初めの頃は樹木も線路の近くにあった。切り出しが進むと次第に木材になる森林が遠くなる。二～三〇〇メートル歩かないと適材がない。伐採も運搬も雪のなかで行われる。雪に足を取られ、ヨタヨタしながら働いた。木材の下敷きになって事故死する者もあった。捕虜たちにケガは絶えなかった。寒さがいっそう体力を消耗させた。一日の作業が終わると口もきけないほど疲労した。

収容所当局はノルマを設定した。彼らはそれを達成させるモチベーションに食事を用いた。ノルマを達成すれば量を増やし、そうでなければ減らすのだ。しかし、ノルマの基準は高いので達成することは少なかった。最初の一年、捕虜たちの食事は良くならなかった。粗末な給養で栄養失調症になり、寒さと慣れない重労働の追い討ちで、死亡は抑留一～二年目に集中した。

ノルマの設定と食糧の増減は囚人労働や奴隷労働の特徴である。これは古今東西変わらない。そもそも喰うことは生存の基礎的条件である。強制力で基礎的条件に不安定要素を設定すれば、人間的尊厳は著しく侵される。しかし、それに甘んじたときのみ辛うじて生存が許される。無視する者は生存的基礎を失う。奴隷労働の非情性はここにある。

ノルマと喰うことの関係は、奴隷主が奴隷を支配・収奪する手段と結果の関係にある。奴隷が生産性を向上させたとき、そのなかの一つまみを喰わせてもらえる。奴隷主はこのように奴隷の生殺与奪の権を握る。

ソ連当局は減食措置の奴隷労働の原理を日本人捕虜にも適用した。捕虜たちは少しでも余分に喰えることを願って働いた。ノルマを達成するために働いたのでなく、少しの余分を求めたのである。しかし、それがノルマを達成し生産性を高める結果になる。ここにこそ奴隷労働の本質がある。

ノルマの基準は高かった。捕虜たちの努力は多くの場合徒労に終った。食欲は生存的本能である。過酷な労働を強いながら生産性と食糧の多寡を交換条件にしたソ連当局の捕虜管理政策は野蛮な非人間的行為であった。

五　約五万五千人死亡

枕木のように積み上げられた遺体　粗末な給養は日本人捕虜をたちまち衰えさせた。誰も慢性的な栄養失調状態に陥った。炊事係などを除けば肥えている者などはいなかった。回復力や復元力に劣る者に消え入るように死が訪れる。栄養失調になると伝染病にも罹患しやすくなる。運動神経も鈍り、作業の事故率も高くなる。

収容所に名前だけの病院が設けられるようになった。収容所当局は二週間に一回ほど健康診断を受けさせた。健康状態を「良」とする者は鉄道建設や伐採などの重労働、劣る者は軽作業、病気や著しい栄養失調症は入院対象となる。

収容所の管理者は人道的立場から入院させるのではない。早く健康を回復させ、重労働に耐えられるようにするためである。ソ連政府はバム鉄道建設当局にも目標を設定していた。日本人捕虜が栄養失調や疾病で作業できなくなれば、建設当局の計画目標も支障をきたす。だから、一日も早く健康を回復させ、労働現場に復帰させなければならない。

病院は栄養失調などで入院してくると、「脂っ気の多い」食事、つまり栄養価の高いものを与え、「肉がついた」頃に退院させ、また働かせた。日本人捕虜たちは労働→栄養失調・病気→入院→脂っ気の多い食事→肉がついた→退院→労働の繰り返しであった。清田は何回も病院に入ったり、出たりした。大池も入院している。抑留されている期間、ほとんどの日本人が最低一度は入院したことだろう。

清田は、水が悪いので伝染病を警戒し、白樺の木に傷をつけ、飲料用に樹液を採取して飲んだという。

清田が最も多く死体を見たのはシベリアの収容所に抑留されてからだ。その数は戦闘の時よりもはるかに多く、山積にされていた。収容所に丸太で組んだ小屋がある。そこが死体置場だ。丸太小屋には不幸な日本人捕虜の遺体が積み重ねられていた。横に並べたのでは入りきれなくなるので遺体の上にまた積み重ねていくのだ。まるで鉄道建設用の枕木が積み上げられていくようだったという。こうして約五万五千にのぼる人々が「異国の丘」で無念の最期を遂げた。

清田は、ソ連の医者などが日本人捕虜の遺体を解剖したと証言した。解剖は一週間か、一〇日おきぐらいに行われた。遺体は死因のなどを含む研究材料にも使われたのであろう。解剖が終ると遺体は素裸のまま、また積み上げられた。短い夏を除けばカチンカチンになって腐敗しない。

日本人捕虜が死んだときや埋葬する場合、同室の者や隣のベッドの者が立ち会うことはほとんどなかった。多くの場合、看取られることもなく息を引き取り、埋葬されるときも同じだった。

埋葬するのも病院に配属された日本人捕虜の作業グループである。彼らにもノルマが設定された。「今日は〇〇人片付けてこい」と指示される。しかし、死者がどこの誰か。彼らの作業も強制労働である。作業員はまるで「物」を処理するように機械的に埋めるしかなかった。

収容所当局は日本人捕虜が重い病気になったり、回復不可能と判断したりすると、重症患者だけを集めた棟に移したという。その人の様子は後日「〇〇が死んだそうだ」とか、「ああ死んだのか」という、うわさなどで同室の者たちに伝わった。他へ移された者の死を確実に知る方法は帰って来ないという事実のみであった。

悲惨はここで終らない。冬のシベリアは、雪の下が凍土である。地面はガチガチに凍っている。ツルハシなど通らない。だから、カチンカチンの遺体に雪を被せるだけである。冬が去ると雪が解けだし遺体が現われてくるのだ。

地面が緩むと作業グループは二メートル四方、深さ二メートルの穴を掘らされた。山積みされた死体置き場から遺体を運び、一〇人一まとめに埋葬するのだ。「白樺の肥やしになる」という言葉が日常語だった。

私に手紙を寄せた山内は病院に配属されていた。彼は次のように書いている。

「三〇二分所は天幕張りの病院で、日本人は軍医を除きほとんど雑役に従事していました。当時は食糧不足による栄養失調のうえ、雪中での伐採作業等の重労働、チブスの蔓延、医薬品の皆無、ソ連軍医の医学的無知等々により病院（といっても病人を収容するだけ）へ運ばれてもただ経過を見守るというだけでありました。二一年の春頃まで毎日トラックの荷台一杯に積み込まれ、運ばれてきた病人は、昨日は一五人、今日は二〇人という有様で死んでいきました。私たちは昼夜兼行で凍ったツンドラの地に墓穴を掘りながら、折角ここまで生きてきたのに……と死者の無念を想うと感慨無量でした」

解剖と埋葬班　私は二四七連隊から石頭予備士官学校に派遣された幹部候補生、近藤清次と面談する機会を得た。石頭は牡丹江省にある関東軍唯一の予備士官学校だった。昭和二〇年当時、満州、北支、朝鮮から選抜されてきた約三千六〇〇人が在籍していたという。さきの「琿春二五会」は二四七連隊の出身者の会である。

近藤の帰還は昭和二四年九月だった。翌二五年四月で戦犯やスパイ罪などの刑法犯を除き、日本人捕虜の帰還は基本的に終わった。彼は遅い時期の復員者の一人と言える。だから、収容所＝ラーゲリにとても詳しい。民主運動や反軍闘争、抑留者向けの「日本新聞」などを含む収容所の実態も知ることができた。これらのことは近藤と対談する前に出版した『シベリアに消えた第二国民兵』(同時代社)にも詳しく書いた。参照していただければ幸いである。

ここでは遺体解剖の事実や、埋葬などに限って紹介したい。

油井　近藤さんはシベリアのフルムリ地区、金蒼五二作業大隊に編入されたということですか。

近藤　別の収容所にいたのですが、昭和二〇年一二月三一日に金蒼五二作業大隊に編成替えになりました。

油井　後から五二作業大隊編入されたわけですね。それでフルムリ地区へ行ったということとですか。

近藤　そうです。フルムリ地区へ行ったんだけど、編成替えの前に近くにいたんですよ。トラックで二時間ぐらいのところでしたね、五二作業大隊の収容所まで。

油井　昭和二四年に帰還されるまでフルムリ地区にいたのですか。

近藤　ずっとフルムリ地区でした。しかし、ラーゲルは一〇ぐらい動きました。

油井　なるほど。私は元二四七連隊の清田春夫さんや大池恭平さんから収容所などの悲惨な実態を聞いています。亡くなった人の実際状況をお聞きしました。実情はどうだったんでしょうか。

近藤　この画集ごらんになってください。亡くなった人のシベリアの絵なんですよね。

油井　ひどいですね。悲惨そのものですね。

近藤　絵を書いた人はシベリアのフルムリ地区にいた人です。

油井　この佐藤さんという方ですか、描いたのは。

近藤　私らの仲間です。石頭の予備士官学校の生徒です。

油井　なるほど。

近藤　亡くなった人の無惨な絵が書いてあるけど、余りお見せしたくないんですけどね。そういうふうにして死体は処理されたということで。

油井　市販されているのですか。

近藤　えぇ。

油井　清田さんの話にもあったし、ここにも絵がありますが、亡くなった人はほとんどやはり解剖したんですか。

近藤　全部しましたね。

油井　全部ですか。

近藤　ええ。

油井　要するに何かの研究材料も含めてですか。

近藤　そうです。

油井　私も清田さんの話を聞いていて、本当に全員解剖したのかな、という思いもありました。やっぱりそうですか。

近藤　事実ですよ。間違いないです。こっちはほかの地区の絵ですけど、亡くなった場合どういうふうにしたかというのは、二〜三枚そこにあります。これは死体置き場でしょう。

油井　丸太小屋みたいな。

近藤　そこに積み重ねていくんです。

油井　やっぱり清田さんの言うとおりなんですね。こういう絵や画集があるのですね。

近藤　こうして裸にしておいて積み重ねるんですよ。その死体処理のことに関して、こういう本があるんですよ。地図がありましたね。金蒼の五二だとか、一〇六だとか、一〇七だとか、二〇一とか、地図に載っているラーゲルですよ。
油井　ラーゲルの番号ですか？　二一七というのは。
近藤　そうそう、ラーゲルの番号ですね。
近藤　この本に出てくるのは死体の搬送専門の兵隊ですね。
油井　『埋葬班長』という本ですね。膳哲之助さんという方が書いたのですね。
近藤　ええ。実際の状況がよく書かれています。これ差し上げますよ。
油井　いいのですか
近藤　差し上げます。私はこの目で見てきていますしね。結局、墓地といっても一つ一つ穴を掘って埋めるのではないのです。
油井　積んだだけですね。
近藤　そう、積んだだけです。浅く土をかぶせただけですね。そのどれか一つお持ちくださ い。どれでもいいです。
油井　これ貴重な画集や本ですね。画集ははじめて見ます。正視できませんね。

大池恭平が語ったように、絵描きや画家たちも現地召集で二四七連隊に入ってきた。画家たちがわずかの時間を割いて小盤嶺や蜜江峠、あるいは戦友の肖像などを描いていたことから記憶に鮮明に残っているのだろう。

近藤清次もシベリア収容所で悲惨な最期を遂げた人々を描いた画家がいたと述べた。彼は私に無惨な絵を見せたくないと断りながらも、死体の処理がどのように行われたか、絵を見せながら示してくれた。この画家は絵をもってシベリア体験を社会に発信し続けていたのであろう。

戦没画学生慰霊美術館・「無言館」

私は父・俊夫の死亡地を捜す調査のなかで、多くの画家や画学生が召集、動員、派遣されたことを知った。長野県上田市に戦没画学生慰霊美術館・「無言館」がある。戦争末期、美術学校の出身者や在学中の画学生も次々に戦場に送られていった。その人たち一二〇余名、約七〇〇点の遺作、遺品を収蔵している。作品は、風景・人物・妻や妻の裸体・恋人・動物などを西洋画や日本画で描いたものだ。彫刻や手紙・葉書を含め、多様な作品群で構成されている。

見学しているうちに気がついたことがあった。満州やシベリアで亡くなった人が少なからずいたからだ。

私は「蜜柑の実る頃」と題した三〇〇号の大作に目を見張った。須原忠雄　一九四六年シベリア・マンゾスカ死亡　二九歳　昭和一六年東京美術学校（現・東京芸術大学）日本画科卒と書いてある。作品は三人の農婦の摘果作業を描いたもので、実り豊かで平和な絵そのものだ。そこには寸分も戦争の気配はない。しかし、画風とは対極の戦争犠牲者としてシベリアに斃れたのだ。同じ静岡県出身だったのでよけい胸打つものがあった。あと二、三記しておこう。

北古賀一郎　昭和二〇年九月以降　発達溝収容所で死亡。

増田隆雄　二一歳　昭和二一年二月一〇日　関東軍第五七病院で死亡。

二人の作品は彫刻だった。発達溝収容所と第五七病院はいずれも牡丹江にある。死亡時期と場所からみて、父や瀬川久男と同じ満州逆送者と思われる。大池や近藤の記憶を含め、少なくない画家がソ満国境に送られ、無念の死を遂げていた。

いわさきちひろ美術館とシベリア画家

長野県北安曇野郡松川村の「いわさきちひろ美術館」を訪れる機会があった。私の妻がいわさきちひろのファンだった。ちひろ作品の優しさ、愁い、希望のおりなす静かな空間に感動を覚えると語っていた。本物はないが、画集やコピーをけっこう持っていた。それらを家のなかに交互に掲示していた。

絵本画家・ちひろの作品は九千四〇〇点を超えるという。そのなかに『戦火のなかの子どもたち』がある。私はその原画も展示もされていることを期待しながら、ちひろ美術館に行った。ところが、シベリア画家とも言うべき香月泰男の大きなスペースのコーナーも設けられていた。ちひろ美術館の学芸員に聞くと、ちひろと香月は直接の交友関係はなかったらしい。ただ、戦争体験と、亡くなった年（一九七四年）が同じという共通点があった。香月が七つほど年上である。

いわさきちひろは、約一〇万人が犠牲となった昭和二〇年三月一〇日の東京大空襲に遭遇している。『戦火のなかの子どもたち』はベトナム戦争のさなかの作品だ。原点は東京大空襲などの体験がもとにあったのではないかという解説もある。

一方、香月泰男は戦争とシベリア体験にある。私はちひろ美術館で香月のコーナーもつぶさに見学した。彼の画集に『香月泰男シベリア画文集』がある。東京美術学校・油画科を卒業したのち、「兎」で第三回文部省美術展覧会の特選となり、梅原龍三郎らの知遇を得た。しかし、四年後の昭和一八年召集され、ソ満蒙国境に近いハイラルの部隊に配属された。四年にわたる戦争体験、捕虜体験、シベリア体験の苦難が始まった。

香月の、画家としての原点はシベリアにあるという。旧満州ハイラル駐屯、敗戦・シベリア輸送、ラーゲル体験を通じ、生涯で五七点のシベリアシリーズの油彩画を描いた。悲しみ、悲惨、祈りが鬼気と迫って身動きできないほどだった。

いくつかの作品に触れておきたい。お守りを描いた「護」、何度も途中で出会った邦人の不安と、恐怖と、疲労の顔々を描いた「避難民」、骸骨が沈み上がってくるような「凍土」、優しい祈りで死者を明るく描いた「埋葬」、遺体が並び、積み置かれた「涅槃」、屋外作業の「マイナス三五度」、満たされない飢えを描いた「餓」。

香月は自ら解説で述べている。死者が出るとその顔をスケッチした。肉が落ち、目が窪み、頬骨が突き出た死者の顔は中世絵画のキリストのデスマスクを思わせたという。その絵が「涅槃」だ。

「お守り」の解説では、兵士は例外なしにお守りの類いを身につけていた。香月自身はまともに神を信じたことはなかったが、お守り袋や妻と自分の写真は出征から抑留、復員まで肌身離さず身につけていた。瀬川久男が持ち帰ってくれた父のお守りも香月とまったく同様だったに違いないと思ったとき、父への思慕が全身を覆った。

幸いにも香月は生還できた。彼が涅槃の世界に入っていたなら、けっして生まれることのなかった五七点のシベリアシリーズである。

音楽学校からも

戦場に立たされ、犠牲となったアーティストは画家にかぎらない。すべての芸術関係者に及んだ。

鹿児島県の「知覧特攻平和会館」を見学したことがある。大戦末期、飛行機もろとも敵艦に体当たりした、陸軍特別攻撃隊員の遺影、遺品、記録などの資料や戦闘機を展示している。昭和二〇年三月、米軍は約一千五〇〇隻の艦艇で沖縄に押し寄せた。陸軍は知覧飛行場などから体当たり、特攻作戦を行った。特攻会館には一千三六人の遺影、遺書がある。このうち四三九人は知覧飛行場から飛び立った。

知覧高等女学校の女学生は死地に赴く特攻隊員の世話をし見送った。最も若い隊員は一七歳だったという。画学生や各種のアーティスト志望者もいたことだろう。

音楽家もいた。強く焼きついているのはドイツの名器、フッペルのピアノだった。会館に入ると最初に目に入った。昭和二〇年の初夏、佐賀県鳥栖の国民学校に二人の若い飛行機乗りがやって来た。

「音楽学校出身です。明日出撃します。ピアノを弾かせてください」と言って、ベートーベンの月光の曲を一心不乱に弾いた。国民学校の生徒たちは「海ゆかば」を唄って二人を送り出したという。そのピアノがフッペルのピアノで、特攻平和会館に展示されていたのだ。そのことを知って涙を禁じ得なかった。

画家、音楽家、さまざまなアーティスト志向の多数の戦争犠牲者が道半ば以前に斃れていった。そうでなければ、このなかからどれほど偉大な芸術家が生まれたか計り知れない。

シベリアの収容所から帰還できた国民的作曲家、「異国の丘」の吉田正も父や瀬川と同じ二四七連隊の兵士だった。

六　シベリアへ

巨大な大地・シベリア　二〇一一年九月二日、私はロシアのハバロフスク国際空港に降り立った。成田から三時間足らずのフライトだ。旧満州旅行から二ヵ月後のことだった。旧ソ連慰霊友好親善訪問団は役員らを除き一七名だった。主たる目的は父や親族が亡くなった地で追悼・慰霊を行うことである。

日本人収容所や病院、作業所は約二千箇所を数える。極東から西はモスクワ近郊、黒海周辺、南は中央アジア、北は北極圏などに及ぶ。シベリアだけでも東シベリアから西シベリアまでの広大な地域にまたがる。

今回の慰霊訪問は東部シベリアと中部シベリアである。親族が死亡した収容所や埋葬されたと思われる地で慰霊・追悼を行うため、東部シベリアと一部中部シベリア方面のA班、中部シベリア方面のB班に編成された。

ハバロフスクを基点に、A班はコムソモリスク地区、ムーリー地区に近いグルスコエ、アムール州のクリドールに近いイズベストコーワ付近の一〇人。B班はイルクーツク、チタの七人だった。

私はA班となった。なぜなら慰霊訪問の準備の過程で、父がムーリー地区のペレワール・コスクランボの収容所から満州に逆送され、牡丹江の掖河収容所で亡くなったことが分かったからである
シベリアはやたら広大だ。訪問団は全日程、汽車とバスで移動した。ハバロフスクからコムソモリスク・ナ・アムーレまで汽車で約一〇時間を要する。乗っているだけで往復二〇時間だ。ハバロフスクからクリドールもバスで一〇時間近いので、同様に二〇時間ほどになる。慰霊・追悼やホテルで休む時間を除けば、ほとんど汽車かバスのなかにいた。それでも東部と中部シベリアのごく一部にすぎない。

汽車はハバロフスクからコムソモリスク間を時速六〇キロ前後で這うように進む。広がる大平原。ほとんど原野だ。湿原も多い。湖沼や、河川や、水辺がかなりある。遠くに霞むような低い山並みが見える。地平線も遠望できる。

乳牛がたまに見える。寡黙で、無限に満ちた大地にも人間の生活が伺える。こんな風景がどこまでも続く。九月初旬は最もいい時候の最後の季節であろう。

同じシベリアでも中部シベリアのクリドールに向かうとき、風景に多少の違いがある。ハ

バロフスク郊外に畑地もある。トウモロコシや野菜畑だ。シベリア鉄道や道路沿いにある木々は多くが白樺である。白樺の森林が延々と続く。
寒さのためであろうか。白樺はいずれも大木ではない。硬い材質の木材になるのだろう。飽きることなく見つめ続けていたとき、私の脳裏にフッと浮かんだ言葉があった。
——シベリアとは何か？
——シベリアとは白樺だ
——白樺がシベリアの王様だ
見たところ、白樺の森林のない所は九〇パーセント前後、草原か原野のようだ。やはり湖沼、河川、湿地が多い。ときおり遠くに、緑の大地を縫うようにシベリア鉄道の汽車が見える。中国でもそうだったが、連結の貨車はやたらに長い。石油タンク車を一〇〇両前後牽引する。速度はゆっくり。のどかな光景だ。
クリドールからハバロフスクに戻る日だった。台風の影響で強い風雨が夜間に襲った。寒い。バスに乗って驚いた。来るときの草原の緑にかなり黄茶色が混じっていたからだ。一日～二日のことである。まもなく草原も原野も一変し、シベリアの寒風が吹きすさび、雪に覆われることだろう。

シベリアの街

私たちの旅行は観光ではない。斃れた父や親族の慰霊・追悼のためにやってきた。しかし、バスなどから目にするロシアの街の風景を記すこともさりとて無意味ではあるまい。

東シベリアの大きな都市はハバロフスク、コムソモリスク・ナ・アムーレ、ウラジオストック、ナホトカなどである。

ハバロフスク市は人口約六〇万人を擁する極東シベリア最大の商工業都市である。この都市はアムール河（中国名、黒竜江）を挟んだ国境の街である。アムール河は中国とロシアの国境を何千キロも滔々と流れ、北方のコムソモリスクを経てオホーツク海側に向かう巨大な河川だ。

ハバロフスク市街の脇を流れるアムール河はまことに雄大である。水量が豊富というより、海という状景である。細かな砂地の河岸は波が立っている。はるかな彼方にかろうじて中国の山並みが見える。ロシアと中国の経済・貿易・交運上きわめて重要な河川だ。両国を結ぶ国際港もあり、国境貿易に欠かすことができない。

私は夕暮れに近い頃、アムールの河畔に立っていた。音はない。流れているのかいないのか。次第に暮色を深めていくアムール河の景観に臨みながら、絶えることのない自然の営みに、理屈なく頭を垂れた。

前章で中朝国境沿いを自動車で走ったときの思いを書いた。センチメンタリズムが頭をもたげたからだ。

「なぜ図們江で国境が隔てられたのか」

「なぜ何千年もそれが続いたのか」

「どのくらいの民族がこの河を行き交ったのか」

「どのくらいの国家が興亡を繰り返したのか」

しかし、ハバロフスクの海のような国境の大河に面したとき、もはや解釈も説明も必要としなかった。自然にたいする納得だけだった。

コムソモリスク・ナ・アムーレは人口約三〇万人の重要な工場地帯であり、飛行機工場や石油工場もあるという。コムソモリスクもハバロフスクと同様、片側三車線が多く、道幅も広い。東西南北に整然と区画された近代都市だ。

市街はサンクトペテルグに似ているとガイドが説明していた。瀟洒な感じのフランス風の街並みが続く。高さが規制されているのだろうか。高層ビルのような建築物は見られない。

旧ソ連時代、コムソモール（青年共産同盟）という大きな青年組織があった。コムソモリスクの由来は青年の街からきているという。シベリアの開拓は旧ソ連の重要な国家経済計画のなかに位置づけられていた。国土建設の情熱に満ちた青年たちが移住してきたことだろう。

アムール河の港に面した大きな公園に横五〇メートル前後の巨大な掲示物があった。ガイドに聞いたら、第二次世界大戦でコムソモリスク出身の兵士が約五千人戦死したという。彼らを称えた文言が綴られていた。

コムソモリスクだけで五千人戦死に驚かされたが、ロシアにはいたる所にこの種の記念碑や記念掲示がある。大きな掲示に大きな文字で書かれている。誰にも分かる。

ハバロフスクはもちろん、クリドールへ向かう途中で食事した広場にもあった。人の集まる所に大きく、分かりやすく掲示してある。公園などロシア全域に設置されているのだろう。

東京に千鳥ケ淵戦没者墓苑がある。日本は慰霊碑があっても墓地のなかや目立たない所だ。人の集まる場所に戦没者を慰霊する記念碑や塔がもっとあってしかるべきではないだろうか。ロシアの記念掲示を見るたびにその思いが去来した。

ソビエト社会主義共和国連邦が解体して二十数年になる。旧来の社会主義は放棄された。しかし、旧ソ連の建国の父・レーニンの像はあちこちで見られる。都市の公園や街路などにある。中部シベリアの田舎にもあった。コムソモリスク・ナ・アムーレにはレーニン通りもある。ソ連社会主義が否定されても、レーニンはロシア国民のなかに生きているのだろう。

奥地の収容所　慰霊行事がはじまった。実質一週間に個人慰霊祭四回、合同慰霊祭一回、合計五回行った。

遺族はコムソモリスク郊外二名、ムーリー地区に近いグルスコエ六名、ハバロフスク南一名、中部シベリアのイズベストコーワヤ付近一名である。移動中とホテル以外はほとんど慰霊祭の連続だった。

死亡地がシベリアではなく、父のように旧満州の牡丹江・掖河収容所で亡くなった場合や、千島列島で亡くなった人もいた。慰霊地は斃れた地に最も近いか、故人にゆかりのある場所が選ばれた。私はムーリー地区のペレワール・コスクランボに近い、グルスコエを希望した。

ここではグルスコエの慰霊祭を主として取り上げる。早朝、バスでグルスコエに向かった。すぐアムール河の鉄橋を渡る。三日後に鮭が産卵で上りはじめるという。

広い道路が地平線に向かって真っ直ぐ延びている。一直線だ。単調すぎる。ドライバーは眠くならないのだろうか、つい心配する。そのまま行けばサハリンを臨むタタール海峡に行き着くはずだ。

市街に近い所は畑が混在していたが、次第に森や原野だけになる。ナナイ族など五つの民族が住んでいるという。ナナイ族は一万人余、最も少ないエペン族は一千三〇〇人。国家に保護されているらしい。

人も家もほとんど見えない。およそ三時間近く走っただろうか。幹線から脇道に入った。

まわりは低い樹木の鬱蒼たる森林だ。森林を切り開いただけの黄茶色の道路である。一九九二年に開通したという。新しい道だ。

土埃を巻き上げながら山中に入っていく。夏などの一時期を除けば通行は不可能だろう。高度をどんどん上げていく。海抜一千メートルになった。ガイドの説明がはじまった。送電線の建設中、この辺りで日本人収容所の埋葬地が見つかったという。

「見つかった」と言うからには埋葬地のあったこと自体、わからなかったことになる。道もないし人も通らない山地だ。とても人の住める所ではない。「枕木一本敷くごとに一人死ぬ」と言われたバム鉄道だ。鉄道建設、伐採作業に使役され、その間に斃死したに違いない。酷寒時期、氷点下何十度の日が続くだろう。彼らの苦役ぶりが目に浮かぶ。

道路に沿って鉄道が見え出した。バム鉄道の支線だ。ガイドが鉄道の基礎の辺りの変色した地層を指差しながら、これが日本人のつくったところだと説明した。

バスが線路脇に停車した。ガタガタだった線路も、いまは立派なものに生まれ変わっている。日本人抑留者が造営した基礎を補強しつつ今日に至ったのだろう。

早朝の出発からすでに昼の時間帯に入っている。ようやくグルスコエに着いた。人口八六五人。それでも幼稚園から高校まであるという。かつての社会主義政策の結果であろうか。

女性の役場職員の案内でさらに険しい山道を行く。道路に水が溜まり、車は入らなくなった。歩くしかない。グールという名の川で道はなくなっていた。橋はない。川のほとりで慰霊祭を行うことになった。

ムーリー地区はグルスコエからさらに東方にある。ムーリー地区に近い所で行う意味がようやく分かった。道がなく、日本人収容所がたくさんあったムーリー地区まで行くことができないのだ。行くとすればバム鉄道の支線しかないだろう。

父・俊夫や瀬川久男の収容されたムーリー地区が人も通わぬシベリアの奥地だったことを現認した。捕虜たちはコムソモリスクからバム鉄道で建設現場や伐採現場にくると、一定人数ずつ降ろされた。残りはさらに東方のムーリー地区や、タタール海峡方面に向かって収容されていったと思われる。

グール川のずっと先に父や瀬川が収容されたペレワール・コスクランボがある。山岳地帯だ。標高七〇〇メートルの斜面に日本人墓地があるという。ムーリー地区そのものが広いのだ。要するにバム鉄道の沿線上に日本人収容所が多数あり、犠牲者たちはその周辺に埋葬されたのであろう。

私は過酷な環境のなかの労働実態を思い浮かべながら、グール川と東のムーリー地区方向の山々を見つめていた。

追悼慰霊祭　さきに書いたように、私はグルスコエを父の追悼の地にした。満州に病弱者として逆送される前、二～三週間ほどムーリー地区のペレワール・コスクランボに収容されていたからである。

ここで四人の慰霊祭が行われた。千島列島で亡くなった遺族も、最も近いことを理由にグルスコエを選んだ。

遺族は日本酒、果物、菓子などを供えた。私もそれらを日本から持ってきた。訪問団事務局は般若心経の録音を準備していた。ロシア人ガイドと現地を案内してくれた役場職員も立ち会ってくれた。

祭壇を設け、遺族は順番に焼香し、懐かしい父にたいする追悼の言葉を述べた。「異国の丘」と「ふるさと」を献歌した。厳かな儀式だった。遺族たちの目に涙が滲んでいた。

各地で行われた追悼慰霊祭も同様の形式で行われた。左記は私の追悼文である。

昭和二〇年五月一七日だったと思います。お父さん＝あなたは私を頭上高々と差し上げ、

「よっちゃん、お父さんはすぐ帰ってくるからね。お母さんの言うことよく聞いて、しっかりお守番をしているのだよ」

と呟くように語りかけてくれました。

そのとき、私はいつにないまわりの慌ただしさに、お父さん＝あなたに重大な何かの事情が生じていることを幼いながらも知りました
翌日の早朝、お父さん＝あなたは眠っている私を起こしませんでした。そっと頬ずりしたあと、満州・遼陽の懐かしいわが家を発ち、ソ満朝国境・琿春の歩兵二四七連隊に応召したのです。

そのときから六六年の歳月が流れ去りました。

私の久しぶりの挨拶は、

「お父さん、お元気ですか」

の言葉にしたいと思います。

「それでいいですね。ほかの言葉は使いたくありません」

お父さん＝あなたがシベリアのムーリー地区か、フルムリ地区のどこかに収容されたことは分かっていました。しかし、その他のことは分かりませんでした。

ところが、今回の旧ソ連慰霊友好親善訪問団に参加する過程で偶然にもお父さん＝あなたの収容所の履歴を知ることができたのです。

お父さん＝あなたは琿春の密江峠で武装解除を受けた後、ムーリー地区のペレワール・

コスクランボの収容所に収容されました。病魔は四〇歳のあなたをたちまち襲い始めました。労働に耐えることもできなくなりました。

そのため、病弱者としてソ満国境に近い牡丹江の液河収容所に逆送されたのです。

お父さん＝あなたは全精魂をかたむけ、生きるための執念の闘いを病魔に挑みました。しかし、到着してから一〇日のち、昭和二〇年一一月二五日に遂に力尽きたのです。

お父さん＝あなたはムーリー地区の収容所に一ヵ月もいませんでした。しかし、けっして忘れることのできない所がペレワール・コスクランボであると思います。

息子＝私は今回の慰霊訪問に際し、この地であなたにご挨拶申し上げるのが最良ではないかと考えました。

お父さん＝あなたの最期の地、中国黒竜江省・牡丹江の液河収容所に再び伺うつもりです。そのときにはもっと、もっとゆっくり語り合いたいと思います。それまでしばらくお待ち下さい。

二〇一一年九月四日

酷寒の収容所と埋葬地　慰霊訪問した地は東部シベリアと中部シベリアの四箇所にすぎない。作業所・病院を含めればロシア、モンゴルの全域で二千箇所もある。それらをつぶさに訪問すれば、知らない事実や驚くべき実際状況をもっと知ることができるだろう。

先述したように、日本人抑留者の労働実態は多様であった。それらは鉄道建設、森林伐採、石炭採掘、鉱山労働、建築作業、道路工事、農業から機械工、採石工、運転手、縫製工、指物師、事務職など、広範な職種に及んだ。

ムーリー地区、コムソモリスク地区、フルムリ地区などに見られる屋外の鉄道建設、森林伐採、道路建設など、東部シベリアや中部シベリアの労働はとりわけ厳しい環境のもとで行われたものと思われる。

慰霊地のグルスコエ、コムソモリスク、イズベストコーワヤ付近、ハバロフスク南の埋葬地や、その近くにあった収容所や埋葬地はいずれも山中や高地の原野、荒地、何もない台地のなかにあった。夏などの一時期を除けば、寒風と風雪の舞う酷寒の地であろう。

戦没者概数二四〇万人中、収容遺骨概数一二七万一千柱、未収用遺骨概数一一二万九千である。欧亜大陸から東南アジア・インド、太平洋一円など、半数近くが放置されている。

旧ソ連（モンゴル含む）では約五万四千四〇〇人の死亡者のうち、収容遺骨概数は二万一千柱に過ぎない。六二パーセントを超える三万三千四〇〇人が依然として異国の丘に残置されている（以上、二〇一四年三月末日現在　厚生労働省資料）。

国家事業としての遺骨収集はいっそう強められなければならない。あらためて想起しなければならないことがある。旧ソ連の約五万五千人はポツダム宣言を受諾し、日本が無条件降伏してから起こったことだった。戦闘間ではなく、捕虜として抑留された後のことである。他地域の戦没者との違いはここにある。

死者を含むソ連抑留者の造った建設物は、いまも立派に使用に耐えている。バム鉄道あり、道路あり、建築物ありだ。コムソモリスク市内には、いまも二二六の建物が残っている。同行のガイドは現在そのアパートに住んでいるという。

クリドールに行く途中、中部シベリアのチョーブラヤオーゼロにも日本人の作った堅固なアパートがあった。立ち寄ったクリドール駅舎は当時の基礎の上に造られていた。ロシア全土にこうした構築物は少なからずあるに違いない。

旧ソ連の各地に日本人が送り込まれた証拠はそれらにとどまらない。公園や、バス通過中の道路脇に元抑留者の建てた慰霊碑や記念碑が少なからず見られた。私が確認しただけでも八つほどあった。「友よ安らかに眠れ」という木碑もあった。その地に抑留された人たちが慰霊のつど建立したものであろう。

それらは収容所跡や埋葬地と同様、ロシアの各地で見られた光景だった。過ちを繰り返さない人類の決意として、永遠に遺されるべきモニュメントであろう。

終章　再び旧満州の地に立つ

二〇一二年、厚生労働省・中国東北地区友好訪問団に参加　既述したように、私は二〇一一年九月に厚生省の支援下で行われた日本遺族会の旧ソ連慰霊友好親善訪問団の一員として東シベリアを訪ねた。申し込みの時点では、父の死亡地が中国黒竜江省牡丹江市・液河収容所とする推測はあったが、その可能性はと言えば八〇パーセントほどだった。残る二〇パーセントはシベリアを含む他の場所においていた。

私は旧ソ連慰霊訪問の準備の過程で日本遺族会や厚生労働省から父に関する驚愕すべき新たな資料を取得した。それらの書類で液河収容所が父の最期の地であることが確定したのである。このことは第四章で記しておいた。併せて父が東シベリアのムーリー地区、ペレワール・コスクランボの日本人捕虜収容所に収容されたこともわかった。

私はペレワーレ・コスクランボの収容所跡の慰霊訪問を強く願った。しかし、そこへの道は途絶え、河川にも阻まれ行き着くことはできなかった。収容所はそれほど奥地に位置していた。父の慰霊追悼式が、行き止まりとなったグルスコエで行った理由は以上のことからであった。

私は追悼の言葉の終わりに次のように述べた。

「お父さん＝あなたの最期の地、中国黒竜江省・牡丹江の液河収容所に再び伺うつもりです。そのときにはもっと、もっとゆっくり語り合いたいと思います。それまでしばらくお待ち下さい」

私はグルスコエで父に誓った約束を果たすために、できるだけ早い時期に父の死亡地・埋葬地を再度訪れることを誓い、ロシアから帰国の途についた。

機会は意外に早くやってきた。それは二〇一二年の半ば頃、静岡県庁を経由した厚生労働省からの通知だった。「平成二四年度・中国東北地区友好訪中団」への参加のよびかけである。厚生労働省が主催し、社会・援護局の企画によるものだった。

日本遺族会は先に述べたとおり旧ソ連、中国、フィリピン、ニューギニア、東南アジア、ミャンマー、太平洋諸島、インドなど各地に慰霊訪問を行なっている。私の参加した二〇一一年の旧ソ連慰霊訪問は厚生労働省の支援があったが、日本遺族会が主催した。

厚生労働省は政府機関として、独自にアジア、旧ソ連、太平洋など広範な戦地に遺骨収集を含む数多くの慰霊訪問団を派遣している。今回の中国東北地区友好訪問もその一環である。

私はシベリア・グルスコエでの父との約束を果たすため勇んで参加の申し込みを行なった。戸籍の記載とは違うが、各種の資料で旧満州・中国黒竜江省・牡丹江市の液河収容所で死亡が確定している旨を申し添えたことは言うまでもない。審査の結果、訪問が承認された。

日本の侵略、今も厳しい対日感情

厚生労働省のこの種の事業は多くの場合、慰霊訪問、遺骨収集などの言葉が使われる。しかし、今回の訪問は「慰霊訪問」とは言わず、「友好訪問」となっている。その理由はなぜなのか。送られてきた厚生労働省の社会・援護局の文書をもとに述べておきたい。

一九七二年の日中国交回復後、日本政府派遣の遺族の「慰霊訪中団」が中国政府から正式な許可を受けるためには一九八〇年まで待たなければならなかった。ところが、その後「慰霊団」は許可されなくなったのである。「慰霊」の名称のつく訪問は一九八〇年限りで終わっている。

満州侵略と傀儡国家の創設に始まる一五年戦争は、中国に耐え難い多大の犠牲と苦痛をもたらした。それらは殺しつくし、奪いつくし、焼き尽くす「三光作戦」に代表される。忌まわしい被害体験は今日に至るも生々しい傷痕となって中国の大地に滲みついている。日本人の「慰霊」事業は、中国の夥しい犠牲下での被害感情とは両立しえないのだ。

前章で記したように、黒竜江省・方正県の人たちは県政府の方針に反して日本人開拓団の慰霊碑の建設を認めなかった。二〇一一年の訪問時、私は旧満州のツアーガイド・権軍に、金蒼収容所近くの食堂で日本人捕虜を知る人の紹介頼んだところ、彼は突如黙ってしまった。その地域で八〇名以上の人々が日本軍に殺されていたという対日感情があったからである。「慰霊訪問」の名称は一九八〇年が最初でかつ最後となった。以後はずっと「友好訪問」である。私の参加した「平成二四年度・中国東北地区友好訪中団」も「慰霊」の文字はない。

旧満州の、東北地区訪問にあたり、私たちは厚生労働省社会・援護局より以下のように文書で注意を受けた。

中国国内における慰霊巡拝の実施に当たっては、中国政府から自国の国民感情に配慮し、

一　日中友好の大局的見地から、また遺族側の要望に鑑みて、今後も遺族が旅行社手配による観光ルートで訪中することは差し支えない。

二　ただし、旅行に際しては中国国民の感情を尊重し、また中国関係部門の規制（公の場所では慰霊活動は行わない）を厳守してもらいたい、等の申し入れが日本政府に為されている。

訪問団の構成は遺族一〇名、他に厚生労働省ＯＢの団長、旅行社のガイドだった。訪問団は右の注意を固く守ったことは言うまでもない。慰霊巡拝は旅行社の実施する観光ルート中に、公然ではない形式をとることであった。一〇名の遺族は六か所で慰霊巡拝を行なった。

いずれも親族が斃れた場所や戦闘地域だった。山地、畑地、原野など現地の人々がいない所、見えない所を探しながらのことだった。

瀋陽（旧奉天）は人々が大勢行き交う市街地のため、遺族はバスの中の黙祷しかできなかった。合同追悼式はホテルの一室の団長の部屋で行った。他の部屋を借りれば公然と行うことになり、中国政府の申し入れに反する。合同追悼式の直前、中国人スタッフやガイドは全員一斉に団長室から退出した。日本人の慰霊を中国側がどう見ているか、垣間見る思いだった。

一五年戦争に起因する中国政府と中国人民の対日感情は、日本敗戦後七〇年近く経た今でもまことに厳しい。日本は絶えずこの歴史認識に思いを馳せなければならない。そうでなければアジアや世界の人々から軽蔑されるのみならず、再び同じ誤りを繰り返すことになろう。

無反省な歴史認識に立つ一部の政治家や学者は靖国や慰安婦問題、集団的自衛権行使問題、憲法九条の改正や削除問題などで非平和的政策をやたら追求している。秘密保護法はすでに実施段階に入った。これらは明治憲法への逆コースの道だ。

今回の東北地区訪問団は北京の日本大使館や瀋陽の総領事館を訪問した。いずれも四重、五重の門や扉で防御されていた。折から尖閣諸島問題で対日抗議デモが盛り上がっていた。

大使館や総領事館の幹部たちは私たちに盛んに「抗議行動は一部の過激派たちによるもの」と説明した。私はきわめて甘い分析だと思った。

今回の東北地区訪問で厚生労働省の「中国国民の感情を尊重し公の場所で慰霊活動は行わない」という趣旨に照らしてみるとき、このような説明だけに留まるとすれば、一五年戦争に対する歴史認識とその反省が不十分であると批判されても仕方あるまい。

尖閣問題での行動がたとえ一部の人たちによるものであったとしても背景には消し難い日本の侵略に対する厳しい対日感情があるのだ。外交に携わる人たちの一面的な、「一部の過激派による」行為という決めつけ方に違和感を抱かざるを得なかった。

訪問期間、中国国内の尖閣諸島に関する抗議行動は一気に高まった。私たちが瀋陽の総領事館を訪れたときはデモ隊が接近できないよう、警察が周辺の道路を完全に封鎖していた。旅程の後半、ネームプレートの着用をやめ、日本人であることが一般人に知られないよう振る舞うことにした。中国における対日感情の厳しさを体験する機会でもあった。

二〇一二年九月八日、父の最期の地、牡丹江・液河収容所とその埋葬地に祈る　団員遺族の巡拝の全状況、ならびに私の全行動を記したいという思いはやまやまだが、いまは、それらは別の機会に譲らざるを得ない。

私は旅程中の自己の訪問地の希望を述べ、多くが承認された。それらは次の四箇所である。

①父が二四七連隊の一兵士としてソ連軍を迎え撃った小盤嶺

掖河収容所で斃死した 3000 人の埋葬地に立つ筆者
（2012・9・8）

②ソ連軍に武装解除された密江峠
③父がソ連の捕虜として五三作業大隊に編成された金蒼収容所
④一九四五年（昭和二〇年）一一月二五日、父の最期の地となった液河収容所とその埋葬地

いずれも前年の二〇一一年、個人として捜し尋ねたところであった。しかし、そのときは父の最期の地を液河収容所とする可能性は八〇パーセントと予測せざる得ず、残る二〇パーセントはシベリアなどにおいていた。今回の訪問は一〇〇パーセント液河収容所と確定していた。

私は四箇所はすべて訪れることできた。ここでは液河収容所とその埋葬地に関することだけ述べ、本書を締めくくりたい。

私は二〇一一年七月に続き、再び掖河収容所＝現在牡丹江市の精神病院の正門前に立った。施設の外観は寸分変わっていなかった。今回も正門から院内に入ることは禁じられていた。しかし、幸運に恵まれた。病院施設が一部工事中だった。正門から約二〇〇メートル左側が工事用車両の通路になっていた。ガイドや運転手の機転で、ここから内部に入ることにした。施設後方二〜三〇〇メートルあたりから森のようになっている。厚生労働省の掖河収容所の地図によれば、墓地は正門の反対側数百メートルの位置に二か所、右側約三〇〇メートルの位置に一箇所ある。

私、団長、中国人ガイドの三人で工事の出入り口から施設の奥まで歩いた。そこはやはり小さな森になっており、広場もあった。碑文は特定できなかったが、比較的大きなモニュメントもあった。しかし、日本人犠牲者のそれではなかったことは確かだ。おそらく森の見える部分を含め、周辺一帯が埋葬地になっていたのだろう。父が、いったんここに葬られたことは間違いない。

日本軍は病院の周辺に八〇〜一〇〇の防空壕を構築した。死亡した逆送者は一防空壕に二〇〜三〇体が葬られた。だが昭和二一年三月、ソ連軍は満洲から撤退する直前に遺体を発掘していずれかに搬出したと前記地図に書かれている。

私は目視できる範囲の森をカメラに収めた。足元にあった小石を一つ手にした。家に持ち帰るためである。父の小さな骨壺に入れてもいい。短時間の現認だった。去りがたかったが団長に促されて森を後にした。

団長は過年訪問した際、精神病院の院長に会っているという。院長は建設工事のとき、多数の人骨が出てきたと語ったという。厚生労働省OBである団長は、ソ連が非人道的に扱った日本人捕虜の実態とその痕跡を隠蔽または秘匿するために防空壕から搬送ではないかと推測する。収容所内を含む近辺に穴を掘り、一まとめにして埋めたのではないだろうか。

中国には日本人捕虜の埋葬地や碑などがほとんどない。牡丹江の逆送者を含め、埋葬痕跡がわからないようにされたのだ。搬出先は防空壕からあまり離れたところではないと思う。昨年訪問の際、ガイドの権香玉も収容所周辺に白骨があったことを認めている。

父・油井俊夫の巡拝慰霊式は掖河収容所跡の精神病院から二キロ余り左方の原野と畑の台地で行なった。前年来た時も同じ台地から液河収容所を遠望した。精神病院は森に隠れて見えなかった。

慰霊式は小屋の脇で行なった。過年もここで行ったという。もちろん訪問団員以外、人っ子一人いない。密やかな慰霊式だ。白いビニールの敷物の上に清酒のワンカップ、水、即席の味噌汁セット、ピーナツ入り柿の種を添える。雨が少し降ってきた。涙雨か。

以下は私の追悼の言葉の一部である

「お父さん、お元気ですか」　久しぶりの挨拶は「お父さん、お元気ですか」の言葉にしたいと思います。それでいいですね。ほかの言葉は使いたくありません。

お父さんもご存知のとおり、私は二〇一一年七月、掖河収容所跡を訪れました。そのとき八〇％、ここで亡くなったのだろうと思いつつも、残り二〇％はシベリアではないかという思いがありました。

ところが、ここを訪れてから一ヵ月後の昨年八月、お父さんの戦友・瀬川久男氏の身上申告書、経歴書等に記載されたお父さんに関する事項と、厚生労働省や日本遺族会の資料とが一致し、この掖河収容所で亡くなったことが確定したのです。

それ故、私はあらためてお父さんにご挨拶申し上げるため、今回の中国東北地方友好訪問団に参加しました。あれから一年ですね。

お父さん＝あなたは一一二師団・二四七連隊に応召後、琿春後背地の小盤嶺で陣地造りの軍命を受け、そこでソ連軍を迎え撃ちました。琿春地方の最前線部隊でした。

しかし、武器弾薬に乏しく、圧倒的に優勢な戦車軍団に徹底的に押し込まれ後退し、いよいよ最後の総攻撃を敢行する直前、ポツダム宣言の受諾、停戦命令により密江峠で武装解除を受け、ソ連の捕虜となりました。

あなたは琿春飛行場や金蒼収容所に収容されたのち、昭和二〇年一〇月、東シベリアのムーリー地区、ペレワール・コスクランボの収容所に収容されました。しかし、栄養不良の四〇歳のあなたを病魔は襲いました。シベリアでの労働に耐え得る身体ではありませんでした。

そのため病弱者としてまもなくソ満国境に近い、ここ牡丹江の掖河収容所に逆送されたのです。

お父さん＝あなたは全精魂をかけ、生きるための執念の闘いを挑みました。しかし、到着してから一〇日のち、昭和二〇年一一月二五日に遂に力が尽きたのです。

ソ連抑留者約五七万五千人の内、労働に耐えられない四万五千人の病弱者中、約二万七千人が朝鮮へ、約二万人が満州に逆送されました。その内、八千五百人は牡丹江でした。しかも、この掖河収容所だけでも約三千人が亡くなり、収容所周辺に埋葬されました。無念ながらお父さんもその一人でした。

お父さん、私はあなたの最期の地、中国黒竜江省・牡丹江の液河収容所を永遠に胸に刻み続けることを深甚なる思いでお誓い申し上げます。

この地に私を呼びくださいましたお父さんに衷心より感謝申し上げます。

家に帰って、またゆっくりお会いしましょう。

過去に学ぶ　国立国会図書館で調べたところ、ソ連抑留体験記は数百冊にのぼった。死の徒歩移送、極寒、飢え、栄養失調、不衛生、病気、過酷労働、凍傷、事故、自殺、悲惨な死と埋葬、等々、非人間的世界を書き綴ったものがほとんどと思われる。

読んだかぎりにおいて、過酷な実態は想像や推測をはるかに超えていた。ある著者は常に死と隣り合わせた墓場だったと記している。

ときとして振り返る言葉がある。

「過去に目を閉ざす者は現在にも盲目になる」

戦争と平和に関して語った元西ドイツ大統領、のちに統一ドイツ大統領になったワイツゼッカーの言葉だ。

私は日々社会に生起する諸現象でも、この言葉に立ち返ることにしている。過去はどうであったのか？　と考えると次第に「事」の本質が見えてくる。

満州事変以来の一五年戦争の末期、四〇歳で召集され、どこで死んだかわからなかった父を捜すのに数十年の歳月を要してしまった。死亡地が特定できたとき、無念の最期を遂げてからすでに六六年もたっていた。依然として行方のわからない戦争犠牲者はいまも数えきれない。それが日本で三一〇万人、アジアで二千万人を超える犠牲者を生んだ戦争の結果でもあった。

過去に目を閉ざせば現在と未来に盲目となる。間違いを繰り返さないためにも、過去に学ぶことこそ強く求められているのではないだろうか。
犠牲者への真の慰霊は、そこにあると思う。

終わりに、本書の執筆意図に着目し、出版に導いてくれた本の泉社のスタッフのみなさん、ならびにインタビューや手紙等の問いかけに応じてくださった二四七連帯の元兵士の方々に厚くお礼を申し上げます。

二〇一四年七月

油井喜夫

参考文献

『引揚げと援護三〇年の歩み』（一九七七年、厚生省援護局）
『援護五〇年史』（一九九七年、厚生省援護局）
「日本人捕虜六四万人の軌跡」（月刊『Asahi』一九九一、vol.３、No.８）
『関東軍⑴終戦時の対ソ戦／ノモンハン事件』（一九六九年、防衛庁防衛研修所戦史）
『関東軍⑵関特演 終戦時の対ソ戦』（一九七四年、防衛庁防衛研修所戦史）
『歩兵二四七連隊略歴』（厚生省）
『地域別戦没者概見（二〇一一年八月一二日現在）』（厚生労働省）
『歩兵二四七連隊概史』（平成七年、琿春二五会）
「歩兵二四七連隊資料《請求番号 満洲―終戦時の日ソ戦―〇五一五》」（防衛庁防衛研修所）
「歩兵二四七連隊資料《請求番号 満洲―終戦時の日ソ戦―〇五一八》」（防衛庁防衛研修所）
「捕虜の待遇に関する条約（仮譯）―一九二九年七月二七日ジュネーブ条約」
「捕虜の待遇に関する条約―一九四九年八月一二日ジュネーブ条約」
藤田勇「戦後五〇年と捕虜門題」（『日本の科学者』vol.30）
粟屋憲太郎『東京裁判への道上・下』（二〇〇六年、講談社）
「ジュネーブ諸条約追加議定書　一九七七年」
『捕虜体験記全八巻』（一九八六年～一九九二年、ソ連における日本人捕虜の生活体験を記録する会）
栗原俊雄『シベリア抑留―未完の悲劇』（二〇〇九年、岩波新書）
高杉一郎『極光のかげに―シベリア俘虜記上・下』（一九九三年、埼玉福祉会）
斎藤六郎『回想のシベリア　全抑協会長の手記』（一九八八年、全国抑留者補償協議会）

斎藤六郎『続回想のシベリア』（一九九〇年、全国抑留者補償協議会）
小松茂明『ダモイ（帰国）―シベリア抑留の日本人』（一九九一年、ファラオ企画）
坂本龍彦『シベリアの生と死―歴史の中の抑留者』（一九九三年、岩波書店）
坂本龍彦『シベリア虜囚半世紀　民間人蜂谷弥三郎の記録』（一九九八年、恒文社）
早川収『ソ連参戦とシベリア抑留』（一九八八年、風媒社）
小和田光『満州シベリア二千日―シベリア抑留記』（一九八五年、新人物往来社）
寺島儀蔵『長い旅の記録』（一九九三年、日本経済新聞社）
長谷川四郎『鶴』（一九九〇年、講談社）
石原吉郎『望郷の海』（一九九〇年、ちくま文庫）
山前譲編『黒い軍旗』（一九九五年、飛天文庫）
膳哲之助『埋葬班長』（一九九五年、飛天文庫）
ソルジェニーツィン『イワン・デニーソヴィチの一日』（一九六三年、新潮文庫）
メドヴェージェフ『共産主義とは何か上・下』（一九七三年、三一書房）
不破哲三『スターリンと大国主義』（一九八二年、新日本出版社）
柳田謙十郎『スターリン主義研究』（一九八三年、日中出版）
高杉一郎『スターリン体験』（一九九〇年、岩波書店）
ハナ・アーレント『全体主義の起源2　帝国主義』（一九九〇年、新装版、みすず書房）
ハナ・アーレント『全体主義の起源3　全体主義』（一九九〇年、新装版、みすず書房）
戸口好太郎『シベリア墓参旅日記第三編』（一九九六年、私家版）
『滋賀県・吉林省琿春友好訪問団記録』（一九八五年、滋賀県拓魂奉賛会）
森村誠一『悪魔の飽食』（一九八一年、光文社）

韓暁『七三一部隊の犯罪』（一九九三年、三一書房）
常石敬一『消えた細菌戦部隊』（一九八一年、海鳴社）
西野留美子「七三一部隊を追って　第三回　魔界の記憶」（『週刊金曜日』第51号）
「鎮魂シベリア　抑留死亡者四万人名簿」（一九九一年、『月刊Asahi』vol.3、No.8）
「落日の満州」（一九九四年十月一五・一六日、朝日新聞）
森四郎『特攻とは何か』（二〇〇六年、文芸春秋）
和田稔『わだつみのこえ消えることなく―回天特攻隊員の手記』（一九七二年、角川文庫）
早乙女勝元『東京大空襲　昭和二〇年三月一〇日の記録』（一九七一年、岩波新書）
神坂次郎『特攻―若者たちへの鎮魂歌』（二〇〇六年、PHP文庫）
『香月泰男　シベリア画文集』（二〇一一年、新装版、中国新聞社）
知覧特攻平和館編『いつまでも、いつまでもお元気で　特攻隊員たちが遺した最後の言葉』（二〇一一年、草思社）
ちひろ美術館編『母のまなざし　父のまなざし　いわさきちひろと香月泰男』（二〇一一年、講談社）

油井 喜夫（ゆい よしお）
六歳のとき中国遼寧省・瀋陽より引揚げ。静岡県立藤枝東高校、慶應義塾大学（通信教育部）卒。静岡県職員、司法書士など。労働組合運動、青年運動などにかかわる。著書に『シベリアに消えた第二国民兵』（同時代社）、『あなたへのレクイエム』（文芸社）など。

ルポ 三《みっ》つの死亡日《しぼうび》を持《も》つ陸軍兵士《りくぐんへいし》

二〇一四年八月十五日 第一版第一刷発行

著者 油井喜夫
発行者 比留川洋
発行所 本の泉社
〒113-0033
東京都文京区本郷二-二五-六
Tel 03（5800）8494
FAX 03（5800）5353
印刷 音羽印刷（株）
製本 （株）難波製本

ISBN978-4-7807-1177-6 C0095 Printed in Japan

ヤクーツク Yakutsk
アムガ Amga
レナ川
アルダン川 Aldan
ネリカン Nel'kan
アヤン Ayan
シャンタル諸島 Shantarskie Ova.
アルダン高地 Aldanskoe Nagor'e
スタノボイ山脈 Stanovoi Khr.
チュミカン Chumikan
オハ Okha
サハリン(樺太) SAKHALIN
ニコラエフスク・ナ・アムーレ Nikolaevsk-na-Amure
アレクサンドロフスク・サハリンスキー Aleksandrovsk-Sakhalinskii
ポロナイスク Poronaisk
チュリマン Chul'man
鉄道
ゼーヤ湖 Zeya Vdkhr.
アムール川 Amur
コムソモリスク・ナ・アムーレ Komsomol'sk-na-Amure
間宮(タタール)海峡 Tatarskii Proliv
トゥインダ Tynda
スコボロジノ Skovorodino
アムール鉄道
バム鉄道
ソベツカヤ・ガバニ Sovetskaya Gavan'
スボボドヌイ Svobodnyi
ベロゴルスク Belogorsk
ブラゴベシチェンスク Blagoveshchensk
モゴチャ Mogocha
黒竜江 Hēilóng Jiāng
ハバロフスク Khabarovsk
シホテ・アリニ山脈 Sikhote-Alin'
宗谷 Soya
シルカ川 Shilka
ウスリー川 Ussuri
ルドナヤ・プリスタニ Rudnaya Pristan'
チタ Chita
スレチェンスク Sretensk
アルグン川 Argun
ボルジャ Borzya
松花江 Sōnghuā Jiāng
ハンカ湖 Oz. Khanka
チチハル (斉斉哈爾) Qiqihār
牡丹江 Mǔdānjiāng
ウスリースク Ussuriisk
ウラジオストク
ナホトカ Nakhodka
満州里 Mǎnzhōulǐ
ハイラル (海拉爾) Hailar
大興安嶺山脈 Dà Hinggan Ling
ハルビン (哈爾浜) Harbin
吉林 Jílín
琿春
図們
金策
チョイバルサン Choibalsan
ヘルレン川 Kherlen gol
長春 (新京) Chángchūn
清州 Ch'ŏngju
長白山脈
朝鮮民主主義人民共和国 DEM PEOPLES REP. OF KOREA
瀋陽 (奉天) Shěnyáng
咸興 Hamhŭng
日本海 Sea
赤峰 Chìfēng
錦州 Jǐnzhōu
葫蘆島
平壌 P'yŏngyang
エレンホト (二連浩特) Erenhot
大韓民国 REP. OF KOREA
ソウル Sŏul
北京 Peking
渤海 Bó Hǎi
大連 Dàlián
包頭 Bāotóu
フフホト (呼和浩特) Hohhot
大同 Dàtóng
天津 Tiānjīn
光州 Kwangju
釜山 Pusan
福岡 Fukuoka